내 꿈을 향해 출동!

내 꿈을 향해 출동!

장신모 지음

자음과모음

차례

 1장

내 꿈을 향해 출동!

 2장

실마리가 보이지 않을 때도 있어

3장 흔들리지 않는 나? 흔들려도 괜찮은 나!

4장 미래의 발자국을 쫓자

1장

내 꿈을 향해 출동!

내 꿈이
싹을 틔운 순간

너희는 자신의 뿌리가 어디서부터 시작되었는지 생각해 본 적 있니? 나라는 씨앗은 사방이 산으로 둘러싸여 있고, 밤하늘에 별은 총총 빛나고, 뒤안길에는 계곡물이 흐르는 작은 시골 마을에서 생겨났어. 오 남매 중 셋째 딸로 말이야. 한 번도 넉넉한 적 없었던 어린 시절, 북적북적한 가족들 사이에서 나의 여린 씨앗은 싹을 틔우기 시작했어.

나는 우리 가족 중에서 엄마를 제일 좋아했어. 엄마는 우리 집의 슈퍼히어로 같은 존재였거든. 우리 오 남매를 키워 냈을 뿐만 아니라 집 밖에서 문제를 일으키는 아빠의 뒷수습까지 해냈어. 남편에게 기대거나 서로 의지하기보단, 오히려 남편과 남편의 핏줄들이 벌이는 사고를 수습하느라 바빴지. 엄마는 집안의 가장 역할을 혼자 짊어진 것도 모자라, 기울어진 집안을 일으키면 무너뜨리고 또 일으키면 무너뜨리는 가족들 때문에 쉴 수가 없으셨어.

하지만 엄마는 자신에게 주어진 삶을 정면으로 마주했어. 도망치고 싶었을 수도 있는데 물러서지 않았어. 언제나 우리 가족의 가장 든든한 버팀목이 되어 주었지. 난 그런 엄마에게 작은 힘이라도 보태고 싶었어. 엄마의 눈에서 눈물이 나거나, 엄마가 한숨짓는 일은 어떻게든 막고 싶다는 생각을 많이 했지.

엄마와 나는 비슷한 점이 많았어. 나는 엄마처럼 셋째 딸이었고, 외모도 엄마를 가장 많이 닮았거든. 그래서 내가 잘되면 엄마도 행복할 거라는 믿음이 있었어. 그래서 항상 엄마가 습관처럼 했던 말인 "너희들 때문에 산다"라는 말을 주문처럼 외우고는 했어.

난 학교에 다녀오면 엄마 옆에 쪼그리고 앉아 재잘재잘 이야기를 들려드렸어. 학교에서 배운 이야기, 선생님께 인정받은 이야기, 남학생에게 선물 받은 이야기 들을 말이야. 엄마는 항상 바빠서서 내 이야기를 귀담아들을 여유가 많지는 않았지만, 난 그 시간이 마냥 좋았어. 내 이야기에 무심한 것 같으면서도 슬며시 웃고 있는 엄마를 보면서 다음에 할 이야기를 모으게 되었어. 엄마가 들으면 힘이 날 이야기, 엄마가 웃을 수 있는 재미난 이야기들을 말이야. 이게 내가 학교생활을 열심히 하게 되는 힘이었어.

우리 집에서 내가 다닌 초등학교까지는 왕복 4킬로미터 거리였어. 4킬로미터라니, 어느 정도 거리인지 감이 오니? 우리가 학교 체육 시간에 하는 100미터 달리기를 40번이나 해야 하는 거리야. 나는 그 거리를 매일 씩씩하게 걸어 다니며 개근상을 받으려고 노력했어.

초등학생 때는 전교생이 60명 정도밖에 되지 않아서 열심히 하지 않아도 쉽게 상장을 받아올 수 있었어. 반장 임명장, 천자문 암송 대회 우수상, 미술 대회 상장, 줄넘기 대회 최우수상, 과학 발명 대회 장려상, 성적 우수상, 저축상, 계주 우수상 등 별별 상들을 말이야.

학교에서 상장을 타면 엄마에게 짠! 하고 선물처럼 내밀었어. 그러면 엄마는 집안일하다 물 묻은 손을 옷에 쓱쓱 비벼 닦고는 상장을 들어서 읽어 보셨어. 그렇게 내가 엄마를 위해 상장을 받아 오면, 아빠는 상장을 꼭 안방 벽 액자에 걸어 두셨어. 그리고 자신의 훈장처럼 동네방네 자랑하셨지. 엄마는 그런 아빠를 보며 눈살을 찌푸리면서도 시장에 다녀오실 때면 말없이 새 액자를 사다 주고는 하셨어.

당시 내가 살던 시골 마을에는 경찰을 동경하던 문화가 있었고, 순찰 나온 경찰들에게 음료수를 내주는 등의 호의를 베푸는 것이 자연스러웠어. 아빠는 유난히 경찰에게 관대하셔서, 어느새 우리 집은 경찰들의 단골 순찰 코스가 되었어. 덕분에 나는 우리 집을 드나드는 경찰들을 자주 볼 수 있었고, 멋진 경찰 제복을 볼 때마다 "나도 꼭 경찰이 되어야지"라고 말하고는 했어.

아빠는 술을 한잔 걸친 날이면 벌겋게 상기된 얼굴로

마치 내가 이미 경찰이 된 것처럼 행동하셨어. 순찰 온 경찰들에게 우리 셋째 딸도 경찰이 꿈이라며 일장 연설을 하던 아빠 얼굴이 아직도 선명해. 아빠가 그럴 때마다 나는 쥐구멍에 숨고 싶었고, 어떤 날은 소리를 치기도 했어. "아빠 때문에 부끄러워서 경찰 안 할 거야!"라고 말이야.

어릴 때는 그런 아빠의 부풀린 자랑이 너무 싫었지만, 아빠가 벽에 상장을 하나씩 걸 때마다 내가 노력한 것들의 결과물을 직접 확인할 수 있었어. 별것 아닌 줄 알았는데 내가 이걸 전부 해낸 건가? 하면서 마음속으로 뿌듯했어. 잘한다고 하니까 더 잘할 수 있을 것 같은 느낌이 쌓여간 거야. 그렇게 경찰이 되겠다고 누군가에게 말하고, 내가 그것을 꿈꿀수록 경찰이라는 막연한 꿈에 점점 가까워지는 것 같았어.

중학교에 올라가니 이전과 달라진 점이 많았어. 학교에 걸어서 가는 것이 아니라 버스를 타고 가야 했고, 원래 한 학급이던 반은 세 학급 정도로 늘어났어. 친구들은 10명에서 100명으로 늘어났지. 친구들이 많아져도 난 여

전히 반에서 키가 제일 작았어. 그래서 교탁 바로 앞자리
는 고정석처럼 나의 차지가 되었어.

중학교에 입학했을 때만 해도 나는 공부가 뭔지 잘 몰
랐는데, 맨 앞자리에 앉은 덕분에 점점 변해 갔어. 수업
시간에 딴짓할 수 없다 보니 자연스럽게 선생님 말씀에
집중하게 되었어. 평소 수업 내용을 필기하다 보면 선생
님께서 특별히 힘주어 말씀하실 때가 있는데, 이것이 시
험에 대한 힌트라는 것을 빠르게 알아차릴 수 있었어.

시험 기간이 다가오면 미리 계획도 세웠어. 요일별로
공부할 과목과 분량, 공부에 필요한 시간을 계산하는 것
도 하다 보니 점차 익숙해졌어. 이 부분이 부족하니까 다
른 방식으로 해볼까, 고민하며 서툴렀지만 스스로 가늠
하고 수정하기를 반복했어. 그렇게 뚜벅뚜벅 하루하루를
성실하게 살아 냈어.

선생님들의 격려, 응원과 함께 시간이 지날수록 모든
면에서 내가 조금씩 나아지고 있다는 것을 스스로 느꼈
어. 그래서 졸업할 때는 전교에서 몇 손가락 안에 들어서
큰 상과 장학금도 받을 수 있었어. 덕분에 시골에서 어깨

좀 폈지. 엄마에게 큰 기쁨을 드린 건 물론이고 말이야.

어릴 때부터 꿈이 경찰이라고 말하고 다녔지만, 경찰
이 된 나를 상상하는 건 쉽지 않았어. 넉넉지 않은 가정
형편에 먹고살기도 바쁜 내게 꿈이라는 단어는 어울리지
않는다고 무의식 중에 생각했거든. 이 꿈 저 꿈 다양하게
꿈꿔 볼 여유도 없었어.

그래도 경찰이 꿈이라고 말하는 횟수가 늘어날수록 꿈
을 향해 한 발짝, 한 발짝 다가가고 있었어. 곤궁한 환경
이 미운 적도 많았지만, 내 꿈은 전혀 지장을 받지 않았
어. 내가 어쩔 수 없는 것은 그대로 두는 편이 맞더라. 대
신 남몰래 가슴으로 키워 가던 내 꿈은 기죽지 않고 용케
살아남아서 지금의 나를 만드는 데 큰 도움을 주었어.

어느 날, 내가 경찰이 되고 싶은 이유를 한번 생각해 봤
어. 나는 내 삶과 우리 가족을 단단한 울타리 같은 경찰이
라는 조직 안에서 지키고 싶었던 건 아닐까? 동네에 가끔
순찰 오는 경찰을 볼 때마다 내가 경찰이라는 이유만으
로 엄마에게 힘이 되는 상상을 했거든. 그리고 부모님에

게 자랑스러운 딸이 되기 위해, 앞으로 정직하고 안정적인 삶을 살기 위해 경찰이 되기를 소망했던 것 같아.

몇 년 전, 경찰들을 지도하는 무도 사범님께서 해 주신 이야기야. 전래 동화 「토끼와 거북이」에서 거북이가 결국 토끼를 이기잖아. 거북이는 단지 부지런해서, 성실히 노력해서 이긴 걸까? 아니야. 거북이가 이긴 진짜 이유는 바로 '방향성' 때문이래. 경주 초반에 토끼는 앞서가면서도 계속 뒤처지는 거북이를 보며 자만심과 우쭐함에 빠져. 토끼의 시선은 자신보다 느린 거북이에게 닿아 있었고, 거북이만 의식하며 앞으로 나아갔던 거지.

반면 거북이는 어때? 자신이 가고자 하는 산 정상, 즉, 목표만 바라보고 꾸준히 나아갔잖아. 토끼가 낮잠을 자든, 여유를 부리며 쉬었다 가든 전혀 의식하지 않고 자신의 목표를 향해 뚜벅뚜벅 걸어가. 땅이 질퍽한 것이나 바윗돌이 많은 것도 개의치 않고 묵묵히 걸음을 내딛었지.

나도 남들에게 쉽게 말할 수 없는 가족의 사연과 아픔, 열악한 환경, 남모를 신체적 약점 등 수많은 어려움이 있었지만, 거북이처럼 경찰이라는 꿈을 향해 뚜벅뚜벅 걸어 왔어. 그러다 보니 어느새 나는 꿈의 한가운데 서 있었더라.

나처럼 일찍이 꿈꾸고 진로를 빨리 결정해도 좋지만, 서두를 필요는 없어. 나는 내가 바라던 꿈을 이루고 난 뒤에도 진짜 내가 원하는 꿈은 아직 찾지 못했다고 느낄 때가 있거든. 우리는 자기 자신을 가장 잘 안다고 생각하지만, 나는 어른이 된 지금도 여전히 내가 어떤 사람인지 헷갈리고는 해.

십대에 내 인생을 완벽하게 결정하려고 하는 것은 어쩌면 불가능한 일일지도 몰라. 그러니 등 떠밀리듯 꿈을 함부로 정하지 말고, 자신의 내면과 자주 대화하면서 찬찬히 찾아가 보자. 세상이 좋다는 꽃길, 남들이 우러러보는 멋진 꿈, 일확천금을 버는 '탄탄대로'보다 나와 가장 잘 어울리는 '나름대로'를 꼭 걸어가길 응원해.

잊지 마, 인생은 속도보다 방향이야. 자신이 인생의 무엇을 바라보고 사는지 생각하는 시간을 꼭 가져 봐. 내 꿈의 씨앗을 어디에 심을지 고민하는 시간은 결코 헛되지 않을 거야. 주변의 경쟁자만 의식하며 시간을 낭비하기 보다 내 목표, 내 꿈, 내가 나아갈 방향에 주목하면서 멋지게 내 삶을 꾸려가 보는 거야. 이기든 지든 결과에 상관없이 걷다 보면, 어느새 우리는 모두 각자의 꿈이라는 결 승점에서 두 팔 벌려 승리를 외치고 있을 거야!

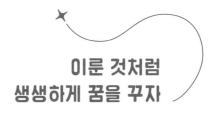

이룬 것처럼
생생하게 꿈을 꾸자

경찰이 되려면 무엇부터 시작해야 할까? 나는 경찰이 꿈이었으니 자연스레 육군 사관 학교나 경찰 대학교에 가고 싶었어. 그 당시 이 두 학교는 인기가 엄청 많았어. 제복에 대한 로망도 있었겠지만 학비가 무료고, 성적도 우수한 수재들만 갈 수 있는 곳이어서 학생들에게 선망의 대상이었거든.

고등학교에 진학하니 꿈을 이뤄야 한다는 현실적인 압박감과 책임감이 묵직하게 올라왔어. 내가 다니는 고등학교에는 성적이 우수한 애들만 모아 둔 '특설반'이 있었는데, 성적이 반 배정에 반영되니까 친구 사이의 경쟁이

피부로 느껴졌어. 나는 열심히 공부한 덕에 특설반에 들어갈 수 있었지만, 성에 찰 만큼 성적이 오르지 않았어. 왜 공부하는 만큼 성적이 오르지 않는지 마음이 초조해졌어. 100미터 달리기를 할 때 마음은 이미 결승선에 닿았는데, 두 다리는 아직 제자리에서 허우적대고 있는 느낌을 아니? 딱 그런 마음이었지.

출발선으로 돌아가 내게 부족한 것이 무엇인지 처음부터 생각해 봤어. 공부의 기초가 부족한 것 같다는 생각이 들더라. 기초부터 차근차근 시작해야 하는 걸 머리로는 아는데, 해야 할 공부가 많으니까 마음이 조급해져서 정작 가장 먼저 해야 할 것을 하지 않았던 거야. 당시 이런 나의 수준이나 위치를 몰랐던 건 아니지만, 꿈을 성적으로만 저울질하도록 내버려 둘 수는 없었어.

나는 어떻게든 꿈을 이루고 싶었어. 하지만 시골에 살다 보니, 주변을 아무리 두리번거려도 내 꿈과 관련된 조각들은 찾아보기 힘들었어. 같이 경찰이라는 꿈을 꾸는 친구가 있었던 것도 아니고, 현실적으로 무엇을 준비해야 할지 조언해 줄 수 있는 선배도 없었어.

그러던 어느 날, 시외버스 터미널에서 대한민국의 육군 장교를 양성하는 학교인 '육군 3사관 학교'의 생도들이 잘 다려진 제복을 입고 검은색 가방을 든 모습을 보게 되었어. 주말이라 외출을 나가는 모양이더라고. 그 제복을 보는 순간, 희미해지던 내 꿈에 불씨가 붙은 것처럼 가슴이 두근거리기 시작했어.

나는 엄마에게 육군 사관 학교와 경찰 대학교를 방문해 보고 싶다고 말씀드렸어. 제복만 봐도 설레는데, 그들이 공부하는 공간을 직접 보면 좋은 자극을 받을 수 있을 것 같았거든. 엄마는 내 말을 듣고 서울에 사는 외삼촌 댁으로 덜컥 여행을 보내 주셨어. 예상외의 수익이었어. 어려운 집안 사정을 아는 터라 큰 기대 없이 던진 말이었거든. 그렇게 나는 언니와 단둘이 시골에서 버스를 타고 또 타고, 기차와 지하철까지 탄 다음에야 외삼촌 댁에 도착할 수 있었어.

외숙모는 내게 동대문 야시장에서 예쁜 옷 한 벌을 사 주신 후, 육군 사관 학교부터 견학을 시켜 주셨어. 심장이 터질 듯 행복했어. 그때 방문 기념품으로 네모난 카드 모양의 방향제를 받았는데, 그 안에는 남녀 육사 생도가 나를 향해 환히 웃고 있었어.

　이어서 경찰 대학교도 방문했어. 여름 방학인 데다 교내는 수해 복구 작업 중이어서 교문에서 기념 촬영만 하고 돌아와야 했지. 아쉬웠지만, 학교 교정만 바라봐도 내 심장이 뛰는 것이 느껴졌어. 그동안 내 꿈이 아무런 실체가 없는 것 같았는데, 그때의 방문으로 나는 구체적인 꿈을 그릴 수 있게 되었어.

　그 한 번의 방문이 무슨 대수냐 싶겠지만, 나는 크게 변했어. 가슴 속에 있는 꿈과 계속 대화하며 내가 어디로 가야 할지, 어떻게 갈지 계속 물어봤어. 눈앞에서 꿈꾸던 곳을 생생히 목격한 이후로, 꿈을 이루고 싶다는 열망은 더욱 커졌어. 네모난 방향제 속 육사 생도가 나였으면 좋겠다는 상상을 계속하면서 말야. 그제야 내 성적이나 합격 가능성이 슬슬 걱정되었어. 열정만으로는 꿈을 이룰 수 없다는 걸, 노력이 필요하다는 걸 느낀 거야.

　두 학교에 견학을 다녀오고, 나는 기숙사 생활을 시작

했어. 통학 시간을 아껴서 공부 시간을 확보해야 했거든. 또 성적이 우수한 친구들과 가까이 지내면 공부 방법이나 노하우를 얻을 수 있을 것 같았어. 내 생각은 적중했어. 열심히 노력하는 친구들과 함께 먹고 자고 공부하다 보니 좋은 자극도 받고 무슨 문제집을 푸는지, 어떤 방식으로 공부하는지, 어떻게 시간을 효율적으로 관리하는지 등 많은 걸 배울 수 있었어. 그렇게 친구들의 좋은 모습을 닮아가려고 노력한 덕분인지, 시간이 지날수록 나만의 공부 방법을 찾을 수 있었어. 친구들과 선의의 경쟁을 하며 깨달았어. 혼자선 어렵지만 함께하면 할 수 있다는 걸 말이야.

꿈을 키우는 방법은 여러 가지가 있지만 되도록 직접 찾아가 보고, 느끼고, 냄새를 맡고, 뛰는 심장에 그 순간의 느낌을 가득 담아 오는 걸 추천해. 타고난 환경, 살아온 배경 등 내가 쉽게 바꿀 수 없는 요인들이 꿈을 이루는 데 많은 것을 좌우하기도 해. 하지만 겪어 보니 꿈이라는 것은 날개가 있어서, 내가 처한 환경 너머 저 멀리까지

훨훨 날아갈 수 있더라. 그러니까 내 안의 날개를 펼쳐서 더 멀리, 더 높은 꿈을 꿔 보자.

우리 뇌는 정말 똑똑하지만, 신기하게도 긍정과 부정을 구분하지 못한다고 해. 예를 들어 "레몬을 베어 물지 마"라고 3번 외치면 어느 순간 입안에 침이 고인다는 거야. 분명 레몬을 베어 물지 말라고 했는데도 침이 고이는 이유는 뭘까? 우리 뇌가 긍정과 부정을 구분하지 못해서 그런 것도 있지만, '레몬'이라는 단어가 가진 힘 때문이기도 하대. 그만큼 말의 힘이 대단한 거야.

그러니까 우리는 똑똑한 뇌도 충분히 속일 수 있어. 지금까지 뇌가 시키는 대로 움직인다고 생각했는데, 그 뇌를 내가 마음대로 조정할 수 있다고 생각하면 근사하지 않니? 꿈을 이루고 싶은 간절한 마음도 좋지만, 이미 꿈을 이룬 나를 생생하게 상상해 봐. 꿈으로 가는 속도가 조금씩 빨라지는 걸 느낄 수 있을 거야. 나는 공부를 하다 지칠 때면 미래의 내 모습을 계속 그려 봤어. 어떻게 그려 봤냐고? 그 당시 내가 상상했던 모습을 들려줄게.

"내 꿈은 경찰이야. 열심히 노력해서 우수한 성적으로 경찰 시험에 합격했어. 경찰 학교에서 제복을 입고 소중한 동기들과 함께 땀 흘리며 크게 웃어. 얼마 후 경찰서로 정식 발령을 받았고, 우연히 지하철역에서 성추행범을 검거했어. 언론에 멋진 경찰로 소개가 되고 경찰청장님 앞에서 표창을 받아. 좋은 인연을 만나 결혼을 약속했고, 웨딩 촬영 때 경찰 제복을 입고 사진을 찍어. 내게 주어진 일을 정성스럽게 해내고 시민들로부터 진심 어린 칭찬을 받아. 경찰로서 긍지와 보람을 느끼고 여러 분야에서 두각을 나타내. 어느 날 보니 높은 자리까지 승진도 한 거야. 제복에 달린 계급장은 빛나고, 나라는 사람은 멋지고 찬란해."

이 상상은 경찰 시험을 준비할 때 매 순간 기도했던 주문과도 같아. 상상만으로도 기분이 좋아져서 공부가 잘되는 날도 많았어. 이렇게 구체적으로 그렸던 것들 중 일부는 이뤘고, 일부는 아직 꿈의 영역에 남아 있어.

난 지금도 여전히 나에게 꿈이 있어서 행복해. 힘들 때마다 꿈을 이룬 내 모습을 상상하고, 그 상상에 슬며시 미소 짓는 시간을 통과해 가며 지금의 내가 있다고 믿거든.

하지만 비단 나의 주문으로만 내 꿈을 이룬 건 아니야. 순경 때 함께 순찰차를 타며 즐거움과 괴로움을 나눴던 조장님이 하신 말씀은 20년이 지난 지금까지도 생생하게 나를 응원해.

"신모야, 너는 발령받은 지 얼마 안 됐지만, 왠지 여길 금방 떠날 것 같다. 너는 이런 데 있을 애가 아니거든. 오래오래 같이 근무하고 싶지만, 훌쩍 떠나갈 것 같아서 벌써 섭섭하네. 그래도 넓은 세상에서 너의 꿈을 멋지게 펼쳐 봐. 나는 늘 여기서 널 응원할게."

갓 경찰이 된 나에게 과분하다 못해 멋진 미래를 예언해 주신 조장님. 그분이 내게 그저 듣기 좋은 소리를 해 주신 것일 수도 있지만, 그 말은 경찰 생활 내내 나를 지배했어. 어떨 때는 스스로 거는 주문보다 더 큰 힘을 발휘하기도 했지. 나는 이 한마디를 품에 끌어안고 더 넓고 더 멋진 곳에서 꿈을 펼치는 나를 부지런히 상상하고는 했으니까.

그래서 경찰이라는 꿈을 이룬 후에도 끊임없이 그 꿈을 확장하고자 노력했어. 꿈을 딛고 그다음 꿈을 향해 나아가려고 말이야. 나는 지금도 여전히 미래의 내 모습을 자주 상상해. 되고 싶은 나에 대해서 말이야.

어떤 꿈이 생겼을 때, 마치 그 꿈을 이룬 것처럼 생생하게 그려 봐. 그러면 그 꿈은 너에게 한결 가까이 다가올 거야. 그리고 그 꿈을 이뤘다면, 그다음 꿈은 더 크고 더 생생하게 꾸는 거지. 그렇게 꿈을 확장하는 것, 그것이 우리가 앞으로 살아가면서 잃지 말아야 할 가장 중요한 태도가 아닐까?

질문하기를
두려워하지 마!

　나는 일이든 공부든 되도록 빠르고 효과적인 길을 선택하려고 노력해. 길을 돌아서 갈 수도 있고, 천천히 갈 수도 있지. 하지만 하고 싶은 일이 많을 때는 최소한의 에너지로 최대의 효과를 내면 더 좋지 않을까? 내 꿈을 향해 직진으로 걷고 싶어도 언제나 걸림돌을 만나기 마련이거든. 그래서 나는 수험 교재를 고를 때도 깊이 고민하지 않았어. 가장 많은 사람이, 많이 보는 책! 이 기준 하나면 충분했지. 신뢰성이 담보되어 있을 때는 일단 믿고 선택하는 거야. 고민하는 데 너무 많은 시간과 에너지를 할애하면 정작 에너지를 쏟아야 할 때 힘이 부족하거든.

그래서 나는 내가 잘 모르는 일을 다른 사람에게 묻고 도움을 청하기를 주저하지 않았어. 반대로 내가 누군가를 도울 수 있다면 아낌없이 나누었지. 어린 시절에 경찰이 되기 위해 모르는 사람에게 다짜고짜 연락한 적도 있다면, 신기하려나?

나는 여자 고등학교를 다녔어. 그때는 나처럼 사관생도나 경찰을 꿈꾸는 친구들이 지금보다 많지 않았어. 함께 꿈을 키우면서 정보를 공유할 친구가 없다는 것이 아쉽기도 했지. 대신 인터넷이 차츰 발달하기 시작해서 인터넷 카페나 메일을 통해 꿈이 비슷한 친구들을 만나 정보를 교환할 수 있었어.

육군 사관 학교에 들어가기 위한 1차 관문은 내신 성적이었어. 별도의 시험 없이 내신으로만 평가했는데, 운 좋게 나는 1차 관문을 통과했어. 하지만 문제는 그 후부터였어. 이후 과정에 대한 정보도 없고, 최종 합격으로 가는 방법을 전혀 몰랐어. 그야말로 원서만 내면 되는 줄 알았던 거야. 덜컥 1차 관문에 합격하고 보니 두렵고 막막했어. 이 좋은 기회를 놓칠까 봐, 아니, 이 기회를 너무 잡고 싶은데 잡을 능력이 없을까 봐 절망스러웠어.

그러다 어느 한 인터넷 카페에서 육군 사관 학교 1차 관문에 통과한 친구들을 찾았고, 우연히 한 친구와 연락이 닿아 몇 차례 메일을 주고받고 통화도 했어. 그 친구는 서울에 살았는데, 들어 보니 성적도 우수하고 입학과 관련한 정보도 꿰고 있었어. 나와 달리 그 친구에게는 여유로움까지 묻어났어. 어쩌면 서로가 경쟁자일 수도 있는데 자신이 가진 정보를 아낌없이 내어 주었지. 얼굴 한 번 본 적 없지만, 참 멋진 친구더라.

그 친구에게 얻은 정보로 2차 시험과 최종 시험을 무사히 치를 수 있었어. 2차 시험인 체력 검정 및 면접 시험은 육군 사관 학교에서 1박 2일로 치러졌어. 다 같이 장대비를 맞으며 1.2킬로미터 오래달리기를 하고, 벽에 붙어 서서 면접장이 떠나가도록 자신의 꿈과 포부를 외치던 아우성이 아직도 생생하게 기억나.

아쉽게도 나는 최종 시험에서 떨어졌어. 이때의 경험

은 다시 태어난다고 해도 꼭, 반드시, 다시 겪고 싶어. 목표한 바를 이루기 위해 최선을 다하는 나를 보았고, 내 안의 열정과 가능성을 확인한 것만으로도 결과에 상관없이 충만한 기분이 든다는 것을 알게 되었거든. 이런 실패는 오히려 성공보다 더 값지다고 감히 말할 수 있어.

내게 아낌없이 도움을 주었던 친구는 어떻게 되었을 것 같아? 예상대로 그는 최종 합격했어. 나는 그의 멋진 꿈을 진심으로 응원했어. 충분히 그럴 만한 자격과 능력이 있는 사람이라고 생각했거든. 나중에 그 친구가 다른 꿈을 위해 학교를 자퇴한다는 소식을 듣기는 했지만, 난 전혀 의심하지 않았어. 꿈의 방향만 틀었을 뿐, 그는 무엇이든 이뤄 낼 것이라는 걸 말이야.

경찰이 되고 나서도 공부는 계속해야 했어. 더 높은 직급으로 승진하기 위해서는 '승진 시험'을 봐야 해. 이때도 나는 혼자 고군분투하는 대신, 나보다 먼저 이 길을 걸었던 사람을 찾았어. 경찰 승진 시험을 준비할 때는 이전 시험 합격자들의 일명 '서브 노트'를 구하는 게 하나의 문화야. 매년 승진 시험 결과를 발표할 때 순위별로 실명을 공개하거든. 그러면 그 시험의 수석 또는 차석처럼 최상위권 합격자들에게 서브 노트를 구하려고 앞다투어 경쟁해. 합격자들 중에서도 적게 실패한 사람 또는 단기간에 확실하게 성공한 노하우가 있는 사람을 찾아서 도움을 청하는 거야. 타인에게 도움을 구하고 싶으면 우리가 생각하기에 신뢰가 가는 사람에게 정확하게 묻는 것이 좋아. 훌륭한 강사, 좋은 책 들도 있지만 그 길을 직접 가 본 사람만이 알려 줄 수 있는 고귀한 비법들은 쉽게 얻을 수 있는 게 아니거든. 나 역시 일면식도 없는 동료에게 도움의 손길을 요청한 적이 있어. 합격자 명단에서 1등을 한 사람을 보고 그를 콕 찍어서 연락을 취한 거야.

"어려운 시험인데 합격하시다니 정말 존경합니다. 초면에 죄송하지만, 수험 교재나 서브 노트 아니면 공부 방법 등에 대한 조언을 구할 수 있을까요?"

내가 겪어 본 결과, 연락을 했을 때 나 몰라라 하는 사람은 단 1명도 없었어. 담백하게 교재를 추천하거나 서브 노트만 주시는 분도 있고, 자신이 가진 모든 것을 내어 주시는 분도 있었어.

경감 시험을 준비할 때도 수석 합격자인 한 과장님께 무턱대고 문자를 보냈어. 내 진심을 담아 간곡하게 메시지를 적었더니, 그에게 답장이 왔어.

"지금 통화 가능하세요? 메모지 있으시면 몇 장 준비하시고 통화 한번 하시죠."

꿈이야, 생시야. 그 과장님의 말씀을 지체없이 따랐지. A4용지 몇 장과 볼펜을 들고 곧장 전화를 걸었어. 그리고 과장님이 알려 주시는 노하우를 깨알같이 받아 적었어. 그는 내게 "어떤 것을 알려 주더라도 공부가 덜 된 상태에서는 완전히 내 것으로 이해하고 받아들이기는 힘들 것이다, 그러니까 일단 자신이 하는 말을 놓치지 말고 적어 두었다가 공부하면서 틈틈이 꺼내 읽고 반복해서 보면 좋을 것이다"라고 덧붙였어.

과장님의 말씀을 반은 알아들었고 반은 못 알아들었지만, 일단 그가 말하는 대로 빼곡하게 메모했어. 나중에 공부하면서 그 메모를 볼 때마다 감탄하고 또 감탄했어. 과장님이 해 주신 말씀에 틀린 게 하나 없었거든. 먼저 길을 걸어가 본 사람만이 해 줄 수 있는 뜨거운 교훈과 가르침이 들어 있었어. 나는 그 조언들을 나만의 속도로 천천히 이해하고 받아들였어. 과장님의 조언을 진짜 내 것으로 만들어 갈 때쯤, 나는 경감 시험에 합격했어. 과장님 말고도 큰 도움을 주신 분이 여러 명 있어. 얼굴 한 번 본 적 없는 분, 스치듯 만난 인연이라 나를 잘 모르면서도 선뜻 마음을 베풀어 주신 분 등. 그들의 호의를 나는 지금도 자주 생각해.

그래서 나는 빚을 갚는 심정으로, 누가 내게 도움을 요청하면 아낌없이 내어 주려고 노력해. 아니, 상대가 묻지 않은 것까지 자진 납세하듯 오지랖을 펼치면서 알려 줘. 그건 내가 잘나서가 아니라, 과거에 누군가로부터 받은 도움을 잊지 않고 갚겠다는 나만의 상환 방식이야. 그분들의 호의가 진심이었듯이, 나 역시 진심의 형태로 또 다른 누군가에게 마음을 갚고 있는 셈이지.

사실 경감 승진 시험 공부를 할 때, 여러 한계를 느꼈어. 일과 공부를 병행하다 보니 체력이 부족했고, 학생 때에 비하면 눈도 침침한 데다 엉덩이로 버티는 힘마저 턱도 없이 부족했거든. 특단의 조치가 필요했지. 시간이 없는 직장인 수험생이니까 일명 '시성비(시간 대비 성능의 줄임말)'라고, 적은 시간을 알차게 활용하는 것이 더욱 중요했어.

어떻게 하면 더 효율적으로 공부할 수 있을까, 고민이 많던 찰나에 한 변호사 유튜버를 만났어. 사법 고시를 단기간에 합격하며 공부 노하우를 연구한 전문가더라고. 그가 패턴 공부법, 암기의 기술 등 다양한 공부 방법을 전수해 주는데 그야말로 신세계였어. 거기다 형사 소송법, 헌법 등 법 과목을 공부한 분이라 그 부분에서도 큰 도움을 얻었어. 그분은 공부를 대하는 자세와 마음가짐이 남달랐는데, 의무감에 억지로 공부를 하는 것이 아니라 그 고된 과정 안에서도 성취와 즐거움을 느끼도록 도와주더라.

내가 그분의 공부법에서 가장 인상 깊었던 것은 바로 책의 목차를 보는 방법이었어. 어느 책이나 목차가 있는데, 그 목차를 지도 삼아 지금 나의 현주소를 정확히 알고, 어느 방향과 어떤 속도로 나아가면 되는지 안내해 주었어. 힘든 고비를 넘어본 사람답게 멘털 관리법도 알려주고, 공부하는 사람의 입장과 애환까지도 깊게 이해해주어서 많은 위로를 얻었어.

요즘은 이렇게 유튜브에서 만날 수 있는 선생님께도 많은 도움을 얻을 수 있어. 십대 친구들은 유튜브와 같은 매체 사용에 익숙해서 이미 똑똑하게 잘 활용하고 있더라. 정규 과정을 밟아서 전문가가 된 사람도 있지만, 한 분야를 오랫동안 깊이 연구한 일반인도 전문가라고 할 수 있어. 예전에는 공부하려면 어느 학원에 가야 한다거나, 인터넷 강의를 끊는 등 공부 방법이 한정적이었어. 하지만 이제는 유튜브 안에 있는 숨은 고수를 찾아 그들에게서 많은 것을 배울 수 있게 된 거지.

평소에 모르는 것이 있으면 질문을 스스럼없이 던지거나 적극적으로 답을 찾기 위해 탐구하는 편인지, 혹은 그렇지 않은 편인지 스스로에게 질문을 던져 봐. 묻지 않으면 절대 답을 얻을 수 없어. 묻는 행위란 세상을 향해 손을 뻗는 것과 같아. 세상은 손을 먼저 내밀지 않는 사람에게 그 어떤 것도 주지 않아.

"이렇게 열심히 사는 사람이 있으니, 멋진 기회가 있다면 내 손에 먼저 쥐어 주세요!"

라고 알리는 거야. 일이든, 공부든, 지금은 이룰 수 없을 것 같은 꿈이든, 모두 사람으로 연결되어 있어. 내가 다른 사람에게 손을 내밀면, 정답이 쥐어지는 것뿐만 아니라 소중하고 귀한 인연까지 선물로 따라올 수 있는 거야. 배우고 싶고 본받고 싶은 사람들과 연결된다는 건 그 사람들이 있는 곳으로 한 걸음 더 다가갈 수 있는 환경을 만드는 게 아닐까?

꿈으로 가는 길목에서 갈림길이 나오면 물어봐. 길을 먼저 가 본 사람이나 가장 잘 아는 사람에게 말이야. 어디에 어떤 장애물이 있고 어떻게 피해 가면 가장 빠르고 정확하게 목표 지점에 도착할 수 있는지 묻는 것이 중요해. 작은 용기를 내서 묻는다면 부끄러움도 잠시, 원하는 답은 물론 소중한 인연도 함께 만날 수 있을 거야.

내 행운은
어디에 있을까?

경찰이 되기까지 수많은 고난이 있었지만, 처음으로 큰 시련을 만났던 건 고등학생 때였어. 고3 여름의 어느 날, 기숙사에서 주말 아침을 맞았어. 로션을 바르려고 사물함을 열었는데 문을 열자마자 로션 통이 떨어지면서 쨍그랑, 산산조각이 난 거야. 워낙 예민하고 민감하던 수험생 시절이었기에 그 일 자체가 너무 불길하게 느껴졌어.

그날 오후, 단짝 친구와 함께 교내 공중전화 부스로 가서 부모님께 안부 전화를 드렸어. 그때만 해도 휴대폰이 없던 시절이라, 누군가와 전화하려면 공중전화를 이용해야 했거든. 내가 먼저 통화를 마치고 다음으로 통화하는 친구를 기다리는데, 문득 장난이 치고 싶은 거야. 그래서 친구가 밖으로 나오지 못하게 출입문을 붙잡고 버텼어. 둘이 깔깔거리며 그 출입문을 밀고 당기기를 몇 번 반복했는데, 순간 친구의 발이 문에 끼어 버렸어. 눈 깜짝할 사이에 일어난 사고였지.

혈관이 터졌는지 친구 발등에서는 피가 수돗물처럼 펑펑 쏟아졌어. 그걸 본 순간 이성을 잃었어. 장난도 내가 먼저 시작했고, 눈앞에서 피가 솟구치는 모습은 난생처음이었거든. 당황한 나머지 119를 불러야 한다는 생각보다 친구를 얼른 병원에 데려가야 한다는 생각에 본능적으로 친구를 업으려고 바닥에 쪼그리고 앉았어. 그렇게 친구를 등에 업고 일어서려던, 바로 그때였어.

뚜─두둑.

맞아. 친구를 업으려다 나는 허리를 다쳤어. 다친 친구의 발은 며칠 만에 바로 회복됐지만, 나는 그 상태로 3년을 병상에 누워 있어야 할 정도로 심각하게 다쳤어. 기숙사 친구들은 거동이 불편한 나를 위해 간병인처럼 머리를 감겨 주고 돌봐 주었어. 하지만 그때는 친구들도 일분

일초가 아까운 고3이어서, 친구들이 나를 도와줄 때마다 통증만큼이나 미안함이 쑥쑥 쌓여 갔지.

나는 걸을 때마다 벽, 기둥 등 각종 지형지물에 의지하면서 한 걸음 한 걸음을 어렵게 떼어야 했어. 그 상태로 학교에 다니는 건 무리였지. 그렇다고 모든 걸 다 내려놓기에는 난 인생에서 가장 중요하다는 대입을 앞둔 고3이었어. 인생은 타이밍이라는데, 내 인생의 타이밍이 절묘하게 어긋난 것만 같았어. 하필이면 수능을 몇 달 앞둔 어느 날, 육군 사관 학교 2차 시험까지 합격하고 3차 시험만 통과하면 됐던 시기에 인생 최악의 사건을 마주하게 된 거야.

학교 정규 수업을 겨우 마치면 유명하다는 병원은 다 찾아다녔어. 보충 수업이며 자율 학습은 엄두도 못 냈으니 학습량은 당연히 부족했지. 생각보다 호전도 더뎠어. 다행히 디스크가 터지진 않아서 수술은 피했지만, 내 허리는 침 꽂을 공간이 없을 만큼 너덜너덜해졌어. 부모님은 나를 낫게 하려고 생계도 내팽개치고 사방팔방 돌아다니며 고군분투하셨지. 시간은 속수무책으로 흘러가는

데 고통은 그대로이니 더욱 애가 탔어. 평생 엄마 속 썩여 본 적 없다고 자신만만했는데, 이때 허리를 다치면서 얼마나 부모님을 힘들게 했는지 몰라.

그 시기의 난 내가 전부를 잃었다고 생각했어. 건강과 꿈, 나 자신도 잃은 것만 같았지. 조금만 아프면 끝날 줄 알았는데, 그 세월은 3년 동안 이어졌어. 다친 친구를 위해 허리 한 번 숙였을 뿐인데, 지금까지 한 노력이 물거품처럼 한순간에 와르르 무너진 거야.

하지만 내 삶의 시계는 더디더라도 꾸역꾸역 흘러가고 있었어. 무너진 상태에서도 나는 내가 할 수 있는 걸 찾았어. 다른 사람들만큼 성큼성큼 뛰어갈 수는 없었지만, 누워서 크는 콩나물처럼 조금씩이라도 크고 싶었어. 그 방법을 찾기 위해 여러 책을 읽다가 와닿는 몇 권의 책을 만났고, 그 책들은 수험서로 연결되었어. 그렇게 나는 남들보다 조금 더 빠르게 경찰 수험 공부를 시작했어. 그땐 의자에 1시간 앉아 있는 것도 벅찰 정도로 통증이 심했지만, 나를 달래고 어르는 방법을 터득하면서 공부 시간을 조율했어. 30분 집중하고 눕고, 누워서 입으로 외우고 귀로 듣고, 다시 책상 앞으로! 전진!

이때 작은 희망이라도 만들고자 하는 마음이 없었다면 누워서 눈물 콧물 바람으로 신세 한탄만 했을 거야. 하지만 나는 그 작은 희망을 품은 덕분에 더 절실한 마음으로 시험을 준비할 수 있었어.

이렇게 마음을 다잡고 공부했지만, 마냥 쉽지만은 않았어. 몸이 아픈 것도 서러웠는데 대학생 때 어려운 집안 사정으로 공부에 온전히 집중하기가 어려웠거든. 허리를 다친 후유증이 남아 있어서 병원을 꾸준히 다녀야 했는데 대학생이 되어도 집안 사정은 나아지지 않았어. 내가 대학교에 가면서 집안에 대학생은 3명으로 늘어났고, 그래서 부모님께 기대기는커녕 셋 모두 각자도생으로 장학금을 받기 위해 공부하고, 아르바이트를 하며 살아야 했어. 나만 힘든 게 아니니까 하소연도 할 수 없었지.

대학교 앞 식당에서 아르바이트를 할 때였어. 음식을 나르는데 바닥에 튀었던 삼겹살 기름이 미처 닦이지 않았었는지, 발이 미끄러지면서 그만 부대찌개 철판을 손님 옷에 쏟아 버렸어. 철판이 무겁기도 했지만, 허리가 아파서 제대로 힘을 줄 수 없었던 탓도 있었어. 아픈 티를 내면 아르바이트에 나를 써 주지 않을 것 같아서, 통증을 숨기며 일하던 게 기어코 탈이 난 거야.

다행히 음식이 뜨겁지 않아서 손님이 다치진 않았지만, 간곡한 사과와 함께 사장님이 손님에게 세탁비를 배상한 후에야 일은 마무리되었어. 그 일로 누가 나를 혼내지는 않았지만, 화장실에서 얼마나 목 놓아 울었는지 몰라. 허리는 여전히 끊어질 듯 아팠고, 마음은 바닥까지 내동댕이쳐진 것 같아 일어설 힘조차 남아 있지 않았어.

그래도 일어서야 했어. 평일 낮엔 수업이 없는 시간에 교내 도서관 사서 도우미를 했어. 평일 저녁에는 식당 아르바이트를, 주말에는 놀이공원 아르바이트까지 했어. 거기에 장학금을 타기 위해서 출석은 물론 높은 학점까지 챙겨야 했으니 몸이 얼마나 고되었는지 몰라. 그렇게 억척스럽게 시간을 쪼개 가며 살아 냈어. 그것만이 내게 주어진 삶을 감당하는 방법이라 믿었거든.

이런 내 경험담이 케케묵은 옛날이야기처럼 들릴지도 몰라. 당시에도 나만큼 힘들게 사는 친구는 드물었으니까. 하지만 이런 상처와 저런 아픔 모두 모양이나 형태만 다를 뿐, 잘 살펴보면 누구나 각자만의 시련과 상처를 이겨 내며 살아 가고 있어.

나중에 엄마가 그러셨어. 그땐 내가 운이 없어서 그렇게 아프고 힘들었다고 말이야. 맞아, 누구에게나 좋은 운, 나쁜 운이 파도처럼 왔다가 멀어지는 것 같아. 나는 내가 안 좋은 시기를 통과하고 있다고 생각했을 때, 그 시기를 마냥 흘려보내지 않았어. 운이 나쁘다고 느껴지는 그때, 좋은 운이 오는 날을 기다리며 준비를 시작하는 거야. 마냥 좋은 운을 기다리기만 하면 늦을지도 몰라.

뭘 해도 일이 잘 안 풀리고, 힘들다고 느껴지는 순간이 있을 거야. 그땐 우리가 원하는 꿈을 위해 준비할 수 있는 시기라고 생각해 보자. 시험에 합격하거나 꿈을 이루려면 운이 없는 시간 동안 조용히 준비하고, 운이 들어오면 그때 합격해서 꿈을 펼치는 거라는 말도 있잖아.

그러니 내 행운은 어디에 있나 찾아 헤매지만 말고, 스스로 운을 관리하면서 나아가길 바라. 너를 위한 시간은 지금 천천히 다가오고 있어. 준비 없는 합격은 없고, 노력 없는 성공도 없듯, 꺾이고 무너졌던 그 질퍽한 시간 속에 우리의 행운이 숨어 있을 거야.

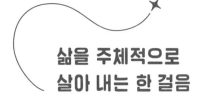

삶을 주체적으로
살아 내는 한 걸음

수능이라는 관문은 누구에게나 힘든 고비 같아. 나 역시 수능 성적표를 받아 보았을 때 '현타(현실 자각 타임의 줄임말)'를 맞았어. 거기에 적힌 숫자들로 내 선택지가 결정된다는 사실이 무서웠어. 갑작스러운 허리 디스크 발병으로 수능 준비는커녕 병원 신세를 졌기에 어쩔 수 없이 나는 내가 마주한 현실과 타협해야만 했어. 성적에 맞는 대학교를 골라야 했지.

일단 당연히 경찰 행정학과에 가는 것으로 방향을 정했어. 누군가는 성적에 맞춰 갈 수 있는 가장 좋은 대학교를 선택하는 것이 맞다고 생각할지도 몰라. 하지만 나에게 전공 학과는 꿈으로 직결되는 문제였기 때문에 학교의 유명세보다 더 중요했어. 꿈이 같은 친구들이 모이면 정보를 교환하면서 선의의 경쟁도 할 수 있고, 좋은 인맥을 쌓을 수도 있겠다고 생각했거든. 경찰이라는 한길만 고집했다 보니 어떻게 보면 조금 편협한 시각이었을 수도 있는데, 그때는 다른 전공에 관심이나 흥미가 없어서 내가 내린 결정이 최선이라고 믿었어.

원래 가고 싶었던 학교는 성적이 부족해서 갈 수 없었지만, 그 대신 경찰 행정학과 중에서 그나마 많은 기회를 주는 곳으로 가고 싶었어. 그때만 해도 경찰 행정학과를 신설한 지 얼마 안 된 곳이 많았거든. 그렇게 나는 수도권에 있는 한 대학교의 경찰 행정학과로 진학하게 되었어. 2보 전진을 위한 1보 후퇴처럼, 내 성적에 맞추되 최대한 기회가 많고 넓은 세상으로 가기로 결정한 거야.

아는 사람 하나 없는 수도권에 있는 학교에 가겠다고 하자 가족들은 불안해했어. 학교를 멀리 가면 학비나 생활비도 많이 들고, 가족과 떨어져서 기댈 곳 없이 고생만

할 거라고 말이야. 하지만 나는 내 결정을 굳건하게 밀어붙였어. 현실적인 어려움은 크게 고민하지 않았어. 내겐 꿈을 실현할 수 있는 디딤돌이 필요했고, 내가 선택한 학교를 그 디딤돌로 삼겠다고 굳게 마음을 먹었거든.

내가 진학한 대학교는 경찰 행정학과를 아낌없이 지원해 주는 분위기였어. 신설 학과였지만 앞으로 주력 학과로 밀고자 하는 의지가 느껴졌어. 기숙사비, 인터넷 강좌와 같은 부수적인 지원도 아끼지 않았어. 학생들 뒤에서 부채질하듯 바람을 불어넣어 주니 학교의 유명세나 인지도 같은 것들이 불필요하게 느껴질 만큼 만족스러웠어.

나는 여느 대학생처럼 OT(orientation)와 MT(membership training) 등을 열심히 참석하며 학교에 적응해 갔어. 캠퍼스에서 새벽까지 선후배들과 술도 마시고, 축제 공연에서 목청껏 노래도 따라 부르고 클럽에서 춤도 춰 보았어. 남들이 다 하는 미팅은 물론 연애도 시작했어. 무도장에서 도복 입고 낙법을 배우는 것만 달랐을 뿐, 경찰 행정학과도 다른 과의 모습과 크게 다르지 않더라.

그런데 시간이 지나자 이 모든 것이 무료해졌어. 낯선 환경, 좋은 사람들, 새로운 배움이 있었지만 내 심장을 뛰게 하는 무언가가 빠져 있었어. 이렇게 남들처럼 흘러가듯 살아가다 보면 자연스럽게 내 꿈을 이루는 건가? 하는 의문이 들기 시작했어.

그때부터 나는 단짝 친구와 단둘이 틈만 나면 지하철 1호선에 올라탔어. 수업이 없는 평일이면 국회의사당, 대법원, 검찰청, 국정원(국가 정보원) 등으로 견학을 쉼 없이 다녔어. 법의 테두리 안에서 일하는 직업군은 어떤 일을 하는지 궁금했고, 어쩌면 그 길로 꿈의 방향을 틀 수도 있겠다고 생각했지. 법원에서 직접 모의재판에 참여해 보고, 국정원에서 시뮬레이션 사격도 체험해 보며 꿈 주변으로 분주히 쏘다녔어. 마음만 먹으면 못 갈 곳이 없다는 걸 알게 되니 처음에는 너무나 크게 느껴지던 서울도 점점 친근하게 느껴지더라.

단짝 친구는 허리 아픈 나를 위해 항상 지하철 문이 열리면 가방을 휙 던져 자리를 잡아 주었어. 내 자리 하나만큼은 선점하겠다며 사활을 거는 친구의 모습에 큰 위로와 응원을 얻었지. 만약 우리만의 견학을 누가 하라고 시켰다면 절대 하지 않았을 거야. 그런데 처음은 어려웠지만 두 번째는 조금 더 쉬워지고, 그다음은 더욱 만만해지는 걸 몸소 경험하니까 새로운 도전이 더는 어렵게 느껴지지 않았어.

우리는 서울의 종로에 있는 유명한 어학원에도 등록해서 함께 공부했어. 경찰 시험 과목 중에 영어가 있었는데, 다른 법 과목과 달리 영어는 단시간에 성적을 올리기가 어려우니 미리 준비하면 좋을 것 같았거든. 당시에는 토익 성적에 따라 가산점이 주어졌기 때문에 영어 공부는 선택이 아니라 필수였어. 그리고 그때 종로는 영어 학원이 모여 있는 곳 중에서도 가장 인기 있는 곳이었어. 각자의 꿈을 품고 모인 사람들이 인산인해를 이루었던 학원가의 풍경이 지금도 생생해.

그렇다고 공부만 한 것은 아니야. 주말에는 서울 곳곳은 물론 제부도, 춘천 등으로 여행을 다녔어. 풍족한 시절은 아니었기에 버스비를 아끼려고 두 발로 얼마나 돌아다녔는지 몰라. 어느 날은 제부도로 들어가는 긴 비포

장도로를 뚜벅뚜벅 걸으며 고픈 배를 달래려고 길가에서 개구리참외 몇 개를 샀어. 먼지를 쓱쓱 문질러 닦은 참외를 베어 물었을 때의 단맛은 아직도 잊혀지지 않아.

어느덧 2학년이 되었고, 나는 새로운 기회를 만났어. 학교에서 과마다 대표 1명을 뽑아서 미국으로 어학연수를 보내 준다는 거야. 1달 동안 가는 단기 어학연수 프로그램이었는데, 일정을 보니 미국 북서부 여행이 일주일 넘게 포함되어 있었어. 미국 여행이라니, 얼마나 솔깃하던지 당장 신청했지. 경쟁이 치열했지만, 아픈 몸을 이끌고 영어를 배웠던 나의 노력을 하늘이 알아주었던 걸까? 어학연수 대상자는 학점과 같은 객관적 기준으로 선발했는데, 우리 과에서는 내가 뽑혔어.

너무 기뻐서 하늘을 날 것만 같았지. 하지만 문제가 있었어. 미국으로 오고 가는 비행기 표는 본인 부담이었거든. 비행기 표는 대략 100만 원 정도의 금액이었고, 그것만 내면 1달간 필요한 다른 경비는 학교에서 모두 지원해 준다는 조건이었어. 그런데 부모님께 손을 내밀기가 참

눈치 보였어. 대학생인 언니들도 각자 아르바이트해서 열심히 살고 있었고, 나보다 겨우 두세 살 많았을 뿐 이십 대 초반의 꿈 많던 시절이었으니까.

속은 까맣게 타들어 가고, 고민하는 사이 결정의 날은 점점 다가왔어. 언니들에게 미안했지만 이 기회를 놓칠 수는 없어서 용기를 내 부모님께 말했어. 나중에 그 돈은 꼭 갚을 테니 어학연수를 보내 달라고 말이야. 엄마는 어려운 살림에도 좋은 기회라고 생각하셨는지 선뜻 도와주셨고, 그렇게 나는 어학연수를 가게 되었어.

각 과에서 선발된 대표들이 모인 어학연수 현장은 열정이 넘쳐 났어. 다들 열심히 활동에 참여했고 성실했지. 경찰 행정학과를 벗어나 다른 전공을 공부하며 다른 꿈을 꾸는 친구들과 생활하다 보니 배울 점도 많았어. 무엇보다 나의 편협한 시각이 조금씩 바뀌었어. 어학연수를 통해 영어 실력도 더 좋아졌지만, 세상을 보는 시야가 많이 넓어지지 않았나 싶어.

약 10일간 미국 북서부를 여행한 추억은 지금까지도 선명해. 산타모니카 해변을 거닐었고, 네바다주를 건너며

끝도 없이 이어진 미국의 사막을 보았어. 라스베이거스에서 화려한 건물과 불꽃 쇼를 보는 것은 물론 카지노 게임도 구경했어. 스트라토스피어 호텔 전망대에서 세상에서 가장 무섭다는 빅샷 놀이기구를 탔고, 장엄한 그랜드 캐니언은 며칠간 꿈에 나올 정도였어. 다양한 음식을 맛보고, 다양한 언어에 혼란스러워하면서도 행복했어. 그토록 넓은 세상을 마주한 경험은 태어나서 처음이었거든.

그때 성적순으로 과 대표를 뽑았다고 했지만, 아마 지원한 친구들 모두 성적은 고만고만했을 거야. 나는 성적, 등수와 같은 숫자로 줄 세우는 세상 이면에 우리 눈에 보이지 않는 힘이 작용한다고 믿어. 그 힘은 남들보다 치열하게 살아 냈던 처절한 몸부림, 환경에 굴하지 않고 꿋꿋이 나아가려는 의지와 같은 자잘한 조각이 모여 발휘되는 게 아닐까?

내가 꿈꾸던 대학교에 합격했더라도 그 후로 얼마만큼 삶을 주체적으로 살았을지는 모르는 일이야. 잃어버린 건강, 낮은 성적에 맞춰 어쩔 수 없이 선택한 길이었지만,

그다음 선택지부터는 적극적이고 자발적으로 골랐어. 오히려 내가 선택한 길이라서 더 치열하게 살았지. 그러니 우리도 예상치 못한 한계 앞에서 좌절하지만 말고, 점프하든, 디딤돌을 놓고 올라서든, 장대를 구해 오든, 최선을 다해 자신의 한계를 넘어 보자.

원하는 대학? 그건 선택지 중 하나에 불과할 뿐이야. 선택의 또 다른 이름은 시작이야. 아쉬운 시작을 아쉬운 채로 남겨 두지 말고, 다음 선택지를 당당히 선택할 수 있도록 힘을 키우면 좋겠어. 꿈 주변에서 방황하며 겪은 모든 경험은 그 자체로 가치가 있으니까 말이야.

꿈을 향해 직진으로 곧장 가지 않아도 괜찮아. 나는 갈지(之)자를 그리면서도 내 꿈을 놓지 않았어. 우리 모두 가끔 샛길로도 가고, 가다가 길을 잃기도 하겠지만, 꿈을 찾아 직접 나선 길이라면 어디라도 좋아. 자신의 속도에 맞춰 자신만의 걸음으로 세상을 열어 가기를 바라. 보폭이 좁으면 좁은 대로, 가다가 들르고 싶은 곳이 있으면 주저 없이 기웃거리기도 하면서, 꿈을 향해 쭉쭉 나아가 보자. 한 걸음 한 걸음, 삶에 내 발자국을 꾹꾹 새기면서 말이야.

2장

실마리가
보이지 않을 때도 있어

장애물은
치우고 넘어가면 돼

경찰 지망생이나 현직 경찰은 사기 범죄에 속지 않을
것 같지? 꼭 그런 것만은 아니야. 말하기 부끄럽지만, 내
가 사기 범죄에 넘어갔던 경험을 하나 공유할게.

고등학교 시절, 기숙사에 사는 학생들 사이에는 '양 언
니'와 '양 동생'을 맺어서 서로 챙겨 주는 문화가 유행했
어. 나도 양 언니가 있었어. 양 자매를 맺는다고 해서 특
별한 일을 하는 것은 아니었어. 서로에게 남들보다 조금
더 다정하게 웃어 주고, 종종 간식이나 작은 선물을 챙겨
주는 정도였지. 그래도 난 양 언니가 있다는 것만으로도
좋았어. 부모님과 떨어져서 생활하다 보니 외롭기도 했

고, 누군가에게 가족처럼 의지하고 위로받고 싶은 마음이 컸나 봐. 당시만 해도 마음에 들지 않는 후배를 따로 불러 혼내던 무서운 언니들이 있던 시절이라 양 언니의 존재는 그 자체로 든든한 방패가 되기도 했어.

그렇게 친해진 언니와는 어느 순간 자연스럽게 연락이 끊겼어. 그리고 몇 년이 흘러 나도 대학생이 된 어느 날이었어. 모르는 전화번호로 연락이 왔는데, 그 언니였어. 반가운 마음에 언니의 안부를 묻고, 조만간 밥 한번 먹자며 전화를 끊었어. 그런데 다음 날 다시 전화가 왔어. 자기도 서울에 살고 있으니 바로 만나자고 말이야.

지하철만 타면 만날 수 있으니까 크게 망설이지 않고 약속을 잡았어. 약속 장소에 도착하니 사전에 나에게 말도 없이 남자 지인과 같이 나왔더라. 모르는 사람이 함께하는 게 불편했지만 일단 밥을 먹기 위해 식당으로 이동하려는데, 언니가 갑자기 식당 말고 자기가 사는 곳으로 가자고 했어. 아무리 내가 편하다고 해도 오랜만에 만나서 바로 집으로 가는 건 실례인 것 같아 언니를 말렸지. 그런데 끝까지 집에 가자길래, 거의 끌려가다시피 발길을 옮겼어. 그렇게 도착한 곳은 가정집이 아니었어. 법당처럼 향냄새가 났고, 철학관처럼 이상한 책들이 여러 권 놓여 있었어.

언니는 내 인상이 좋다, 너만이 집안을 일으킬 수 있다며 온갖 달콤한 말로 조상들께 기도를 올려야 한다고 나를 설득했어. 모르는 사람도 아니고, 고향에서 인연을 맺었던 사람인 만큼 깊이 의심하지 않았어. 그렇게 나는 기도를 올리기 위한 제사 비용으로 전 재산 30만 원을 내고 정성스럽게 제사상을 차렸어. 기도만 올리면 될 줄 알았지만, 그건 끝이 아니라 시작이었어.

어느 날은 관광버스를 타고 강원도의 깊은 산속으로 나를 데리고 갔어. 선녀 옷처럼 옷자락을 길게 늘어뜨린 의상을 입은 여자들이 줄지어 행사를 치르던 모습이 아직도 기억에 생생해. 무서웠지만 일단 살아서 돌아가야 하니 시키는 대로 절을 하고 또 했지.

그제야 언니에게서 벗어나야겠다는 생각이 들었지만, 쉽지 않았어. 언니는 내게 우주 진리를 가르쳐 준다는 핑계로 내가 다니는 학교 앞까지 찾아왔고, 스토커처럼 나를 기다렸어. 언니는 매번 남자 2~3명을 데리고 나타났고, 내가 도망치지 못하게 문 앞을 가로막고 지키기도 했어.

나는 모질고 독한 말로 언니와의 관계를 끊으려고 노력했어. 하지만 내 말을 듣는 척도 않는 언니를 보니 내 힘으로는 벗어날 수 없을 것 같았지. 어쩔 수 없이 시골에 계신 부모님께 말씀드렸더니, 당장 학교를 그만두고 집으로 내려오라고 하셨어. 하지만 꿈을 펼치겠다며 기를 쓰고 여기까지 왔는데 사기만 당한 채로 집에 갈 수는 없었어.

거기다 내 꿈이 또 뭐야? 경찰이잖아. 사기범을 잡아서 의기양양하게 귀향해도 모자랄 판에, 눈 뜨고 있어도 코 베어 간다는 서울에서 보기 좋게 사기를 당한 거잖아. 그때 내 꿈이 나를 비웃는 것 같아서 속으로 얼마나 끙끙 앓았는지 몰라. 이러다가 정말 꿈을 이루기는커녕 잘못된 길로 빠질 것 같다는 무서움이 차올랐어.

물러설 곳이 없던 나는 학교 선배님들께 달려가서 도움을 요청했어. 선배님 중에 현직 경찰이 몇 분 계셨거든.

그분들께 협박과 강요로 나를 너무 힘들게 하는 사람들이 있다고 자초지종을 털어놓았어. 선배님들은 내 이야기를 듣고 나를 도와주겠다고 하셨어.

그 후 언니가 또 남자들을 동행해서 나를 찾아왔는데, 그날은 선배님들이 정문에서 기다리고 있다가 언니와 그 남자들을 따끔하게 혼내고 쫓아냈어. 한 번만 더 찾아오면 형사 입건해서 처벌받도록 하겠다고 말하면서 말이야. 그 뒤로도 몇 번 더 찾아오기는 했지만, 결국 연을 끊을 수 있게 되었어.

일이 해결되고 나서, 한동안 가족들에게 놀림을 받았어. 경찰을 하겠다는 사람이 순진하게 사기꾼에게 끌려다녔다고 말이야. 항상 경찰이 될 거라며 큰소리 뻥뻥 쳤으니 할 말이 없었어. 가족과 떨어져도 잘 살 수 있을 거라며 스스로 선택했던 넓은 세상은 보란 듯 나를 넘어뜨렸어. 어쩌면 작은 돌부리에 스스로 걸려 넘어진 것일지도 몰라. 그때의 나는 어렸고, 순진했고, 사람을 쉽게 믿었는데, 이 모든 것이 나를 세차게 밀쳤던 거지.

그때 그들의 눈에 내가 얼마나 여리고 위태로워 보였

을까? 시골에서 올라와 어디든 마음 기댈 곳이 필요했고, 아픈 몸 때문에 덩달아 약해진 마음은 숨기고 싶어도 숨겨지지 않았어. 정말이지, 나쁜 사람들이 달라붙기 딱 좋은 대상이었을 거야.

나는 그 사건 이후로 내 마음이 한층 더 단단해진 것을 느꼈어. 내가 빠졌던 불구덩이 같던 사건을 객관적으로 볼 용기가 생겼고, 옳은 길이 아니라면 끊어 내는 법을 터득했어. 어려운 환경이나 사정에 휩쓸려 감정적으로 판단하는 습관도 없애려고 했고, 누군가가 어떤 목적을 갖고 의도적으로 접근하는 것 같으면 사전에 차단하려고 애썼어. 매사 정당하게 사람을 의심하고 사리 분별할 수 있도록 의식하며 살게 된 거야.

그리고 무엇보다 그런 상황이 닥쳐도 해결할 수 있는 사람이 되기 위해서 경찰 수험 공부를 더욱 열심히 준비했어. 그 사건으로 생각보다 오래 방황했기에, 휘둘리고 허비한 시간만큼 더 간절하게 경찰이 되려고 노력했어. 만약 내가 경찰이 된다면 그런 상황으로부터 나도 지킬 수 있지만, 나와 유사한 경험을 겪고 있는 사람들도 당당히 구할 수 있으니까 말이야.

요즘도 대학생이나 사회 초년생 들을 대상으로 사이비 종교 포교 활동을 벌이는 사람들이 있다는 기사를 본 적이 있어. 나의 아픈 과거가 누군가에게는 현재 진행형일 수도 있을 거야. 이처럼 살다 보면 누구나 몸과 마음이 약해지는 시기가 찾아와. 나와 같은 형태의 시련이 아니더라도 많이 흔들리고 아플 거야. 그때마다 내 마음이 안녕한지 세심히 들여다보고 단단히 붙잡아 줘. 내 곁에 있는 사람들이 나를 도울 수 있는 사람인지 잘 판단하고, 내 힘으로 안 될 때는 주변에 적극적으로 도움을 요청하기도 하고 말이야.

한 파출소에서 근무할 때의 이야기야. "우리 아이가 건물에 갇혀 있는 것 같은데 연락이 안 돼요"라는 신고를 몇 차례 받은 적이 있어. 모두 "대학생 아들이 친구들이랑 아르바이트를 간다고 나갔는데, 도통 연락이 안 돼서 걱정된다, 통화할 때 분명 어느 주택가에 있다고 이야기했는데 그 후 연락이 끊겼다"라는 내용이었어.

신고를 받아 살펴본 학생들의 휴대폰은 모두 꺼져 있었어. 신고자들이 말한 주택가는 일반 주택가여서 주민들만 간간이 오갔고, 특별히 의심할 만한 정황은 보이지 않았어. 하지만 사라졌다는 학생들의 휴대폰이 꺼지기 직전 GPS와 이동 동선 등을 분석해서 감금 장소를 대략 특정했어. 그리고 그 주변에서 잠복근무를 이어 갔어.

자세히 살펴보니 입주민으로 보이던 사람들이 주로 학생층이라는 점이 수상했어. 대학가도 아니고, 일반 다가구 주택이 모여 있는 골목인데 유난히 젊은 사람들만 많은 것이 이상하잖아? 그러다 한 건물에서 사람이 우르르 나오더니 다 같이 승합차를 타고 어디론가 이동하는 모습이 포착되었어. 그 모습을 본 우리는 미리 연합 작전을 세우고, 돌아오는 승합차를 기다렸다가 현장을 급습했어. 그렇게 구출한 대학생들은 수십 명에 달했고, 그곳에서 쏟아져 나오는 학생들을 보고 우리도 놀라지 않을 수 없었어.

사건의 전말은 이러했어. 대학생들을 일반 다가구 주

택에 감금하고 불법 다단계 영업을 하고 있었던 거야. 고수익을 보장한다며 투자와 구매를 강요하고, 빠져나갈 수 없는 명분과 논리로 그들을 옭아맸어. 그 범죄자들은 자신들이 학생들을 감금한 것이 아니라 합숙을 한 것이라고 주장하고, 학생들이 돈을 벌기 위해 제 발로 찾아온 것이라며 합법이라고 우겼지.

이런 피해를 직접 경험한 한 대학생이 블로그에 올려놓은 후기를 보았어.

'알고 보니 다단계였고, 일주일 동안 감금 생활을 했다. 새벽마다 버스를 타고 작업장으로 이동했다. 그들은 잠을 재우지 않고 우리에게 계속 커피 가루를 먹였다. 그래서 잠도 못 자고 계속 똑같은 이야기를 들어야 했다.'

아직 학생 티를 벗지 못한, 앳된 얼굴의 피해자들이 생생하게 떠올라. 나도 비슷한 경험을 해 봤으니 가장 친한 친구까지 끌어들였다가 절교한 사연, 생존을 위해 필사적으로 탈출하려 했던 피해자들의 사연이 더욱 뼈저리게 다가왔었지.

이런 말을 들어본 적 있니? 신이 인간을 시험할 때는 반드시 다른 인간을 보내서 마음을 흔들어 놓는다고 하더라. 그러니 인간의 탈을 쓰고 찾아오는 나쁜 유혹을 분별할 줄 아는 우리가 되자! 어른이 되면, 나를 지금까지 키워 주신 부모님께 작은 도움이라도 드리고 싶어 하는 기특한 친구들이 있을 거야. 경제적으로 독립하고 싶을 수도 있고, 가정 환경에 보탬이 되고 싶다고 생각할 수도 있을 거야. 지금까지 한 번도 해 보지 않은 경험이라 두렵지만, 자신을 믿고 선택했을 수도 있어. 그런데 우리는 그저 남들보다 더 열심히 살고자 했을 뿐인데, 세상은 가끔 우리 앞에 예상치 못한 장애물을 가져다 놓고 우리를 넘어뜨릴 때도 있어. 그럴 때는 돌다리도 두들겨 보고 건너라는 말을 떠올려 봐. 아는 것도 똑똑, 조금이라도 의심스러우면 똑똑, 한 번 더 두드려 보고 판단하는 거야.

길을 가다가 장애물을 만나면 피해서 갈 거야? 아니면 치우고 갈 거야? 선택은 자유지만 장애물을 피해서 가기만 하면 조금 빨리 가더라도 남는 게 없고, 치우고 가면 힘은 더 들겠지만 장애물을 이겨 내는 방법을 배울 수 있어. 정당하게 의심하는 법을, 돌다리도 두드려 보고 건너는 법을, 내가 생각한 길이 아니면 끊어 내는 법을 말이야. 진짜 제대로 넘어졌을 때 온몸으로 배운 지혜는 언젠가 반드시 쓸모가 있어. 그래서 세상이 기어코 우리를 넘어뜨리는 거 아닐까. 다시 일어서는 법을 알려주기 위해서 말이야.

한 켤레의 운동화가
닳기 전에

너희가 인생에서 가장 의지하는 사람은 누구니? 부모님, 형제자매, 친구, 좋아하는 사람 등등. 언제나 네 주변에 있는 사람들을 떠올려 봐. 나는 친언니들이 가장 먼저 생각나. 언니들은 내 꿈을 가장 든든하게 지지하고 응원해 준 사람들이거든.

내가 대학교 3학년이 되었을 때, 원래도 좋지 않았던 집안 형편이 더 어려워져서 휴학을 결정할 수밖에 없었어. 그간 해왔던 아르바이트만으로는 기울어져 가는 집안을 돕기엔 역부족이었거든. 그래서 빨리 직장에 들어가 제대로 돈을 벌어야겠다는 생각이 들었어. 나 혼자 꿈 타령하면서 힘들어하는 가족들을 외면하기가 어려웠거든. 그래서 그런지 휴학을 할 때 잠시 쉬어 가는 게 아니라, 내 꿈과 다시 돌아올 수 없는 작별 인사를 하는 것만 같았어.

휴학 후에 학교 근처에서 일을 구하겠다며 이리저리 찾아 나섰지만, 어른들 눈에 새파랗게 어린 내가 성에 찰 리 없었어. 냉정히 거절당하거나 정중히 돌려보내지거나, 둘 중 하나였어. 나는 어쩔 수 없이 제대로 된 일을 구할 수 없다는 냉혹한 현실을 받아들이고, 언니들이 있는 본가로 내려왔어.

지친 마음으로 돌아간 내 곁에는 언제나 언니들이 있었어. 우리는 모여 앉아 멋지게 욕을 한 판 했지. 우리에게 유난히 가혹한 이 세상을 욕했고, 우리 삶에 달라붙는 구질구질한 시련에게도 욕을 날렸어.

"우리가 가진 건 없지만, 똘똘 뭉쳐서 보란 듯 멋지게 살아낼 거야. 바른 마음으로 열심히 살겠다는데 우리한테 이러면 벌 받는다."

누가 들으라고 한 말인지는 지금도 모르겠지만, 곁에 있는 든든한 언니들의 존재만으로 속이 시원했어. 그래서 나는 다음 날에 바로 우뚝 일어났어. 아니, 언니들이 나를 일으켜 줬어. 특히 큰언니는 자신도 뒤늦게 대학생이 되었고 일과 공부를 병행하며 힘들게 살았는데, 내가 꿈을 이뤄가기는커녕 현실에 밟혀서 허우적대니까 결단을 내렸어. 나에게 비록 휴학을 하긴 했지만, 공부는 계속하라고 부추기기 시작한 거야. 지금 당장 돈 몇 푼 벌겠다고 시간을 흘려보낼 것이 아니라 열심히 공부해서 빨리 경찰이 되는 게 진짜 집안을 일으키는 방법이라고 말하면서 말이야.

그렇게 돈을 벌겠다며 호기롭게 휴학한 나는, 언니들의 응원과 지지에 힘입어 경찰 수험 공부를 시작했어. 힘겨운 공시생의 삶이 시작되었지만, 이래도 되나 싶을 만큼 행복했어. 내 오랜 꿈을 향해 진짜 첫발을 내딛는 기분이었거든.

큰언니의 도움으로 경찰 수험 전문 학원에 등록하고

근처 고시원도 등록했어. 한 평 남짓 되는 공간에 책상 하나, 그 밑으로 이어진 작은 침대가 전부인 곳이었어. 마음을 굳게 먹고, 1달 치를 결제하고 방으로 돌아서는데 갑자기 숨이 안 쉬어졌어. 언니가 떠나고 혼자 남게 되면 숨막혀 죽을지도 모른다는 불안감이 엄습했어. 최소한 하루는 버텨야지, 첫날은 다 그런 거야, 며칠 지나면 적응할 거야, 라고 나를 위로하는 주문을 외우고 또 외웠지만 진정할 수가 없었어. 어둡고 좁은 공간이 내 목을 압박하듯 조여 왔어. 그때까지는 몰랐는데, 나에게 폐쇄공포증이 있었나 봐. 다급히 언니에게 전화를 걸었어.

"언니, 나 고시원 환불하면 안 될까? 도저히 못 하겠어."

그렇게 나는 1시간 만에 홀로서기를 포기했어. 언니는 집으로 가다가 다시 돌아와 고시원을 환불받았고, 시간이 지나자 통증은 거짓말처럼 눈 녹듯 사라졌어.

하루도 아니고 단 1시간도 못 버틴 채 박차고 나온 나를 보며 스스로 크게 무너지는 듯한 기분이었어. 내가 고작, 겨우, 이렇게 나약한 사람이라니 절망스러웠어. 시작도 하기 전에 포기를 외쳤으니, 언니에게도 나에게도 얼마나 부끄러웠는지 몰라.

그런데 다음 날도, 그다음 날도, 내게는 아무 일도 일어
나지 않았어. 나는 공부할 장소를 집 근처 도서관으로 옮
겼고 다시 공부를 시작했어. 고시원을 박차고 나온 일은
자책할 일도, 무너질 일도 아니었던 거야. 폐쇄적인 공간
이 나와 맞지 않았을 뿐이고, 나에게 적합한 환경은 스스
로 경험하며 하나씩 맞춰 가면 되는 것이었어.

나는 '공시생'이라는 타이틀이 마음에 들었어. 매일을
온전히 내 뜻과 내 의지대로 살아갈 수 있다는 게 얼마나
큰 행복이었는지 몰라. 눈앞에 이루고 싶은 꿈이 있으니
그 꿈을 향해 달려가기만 하면 되었거든. 큰 산을 한 번
넘은 덕분에, 공부가 잘되지 않는 날도, 몸이 힘들어서 축
처지는 날도, 모의고사 성적이 나쁜 날도 견딜 만했어. 그
리고 매 순간 잊지 않았어. 내 꿈의 뒷면에는 사랑하는 가
족들의 절대적 지지와 지원이 있다는 걸 말이야.

어느 날, 큰언니가 자신이 번 돈으로 나에게 하얀 운동
화 한 켤레랑 체육복 한 벌을 사 주었어. 언니와 나는 다

짐했지. "이 운동화가 닳기 전에 합격하자!"라고 말이야.
그렇게 세운 목표는 큰 효과가 있었어. 한 켤레의 운동화
가 닳는 시간은 1년도 채 되지 않을 테니, 그 안에 시험에
붙겠다고 매일 스스로 되뇌었거든.

큰언니는 매일 새벽에 일어나 도시락을 2개씩 준비해
줬어. 나보다 겨우 3살 많았을 뿐인데 무엇이든 뚝딱 해
내고, 엄마 역할까지 도맡으며 나에게 든든한 버팀목이
되어 주었어.

원래 큰언니는 고된 하루를 마치고 나면 저녁잠을 이
기지 못해 곯아떨어지던 사람인데, 내가 공부하는 동안
에는 자정이 넘은 시간까지 집 앞에서 내가 돌아오기를
기다렸어. 공부가 끝난 뒤 자전거를 타고 열심히 집으로
가다 보면 언니의 검은 실루엣이 나를 기다리고 있었지.
나는 그런 언니를 보며 무슨 일이 있어도 자정까지는 공
부하겠다는 일념으로 버텼어. 그 의지는 루틴으로 이어
졌고, 그 루틴이 몸에 익으니 공부도 한결 수월해졌지.

한번은 어느 겨울밤에 집에 가다가 그만 자전거 체인
이 빠져 버리고 말았어. 날은 춥고, 손은 꽁꽁 얼었는데

체인이 생각보다 잘 걸리지 않아서 평소보다 10분 정도 늦게 도착했어. 공부에 집중하겠다며 휴대폰도 가지고 다니지 않던 때라 언니가 너무 걱정되었어. 추위를 싫어하는 언니가 덜덜 떨고 있을 것 같아 마음이 급해진 거야.

하지만 오히려 큰언니는 내 걱정에 사색이 되어서 경찰에 신고할 준비를 하고 있었어. 내가 몇 분만 더 늦었으면 경찰과 함께 날 찾으러 나설 참이었다고 했어. 자정이 넘은 깜깜한 밤에 매서운 바람을 맞으며 서로를 마주 보는데, 눈물이 왈칵 쏟아졌어. 언니의 뭉근한 사랑이 내 가슴속에 스며드는 것이 느껴졌거든. 그때, 사랑하는 가족이 주는 힘이 얼마나 큰지 다시금 깨달았어. 그리고 아무리 힘들어도 내가 굳건히 일어서야 할 이유는 가족이라는 것을 명심하면서 수험 내내 힘을 낼 수 있었어.

야무지게 하루를 쪼개서 시험 공부도 하고, 가점을 위해 토익 공부도 병행하면서 꿈을 향해 한 발짝씩 나아갔어. 그전까지는 내가 어떻게 할 수 없었던 환경 때문에 방황했다면, 공부를 시작하고 나서는 순전히 내 능력과 의지로 내 삶을 만들어갈 수 있었어. 그것이 힘들어도 계속

해 나갈 수 있는 버팀목이 되어 주었지.

나는 결국 언니가 사 준 하얀 운동화 한 켤레와 체육복 한 벌이 닳기 전에 시험에 합격했어. 공부를 시작한 지 1년도 채 되지 않아 경찰의 꿈을 이룬 거야.

휴학하고, 집에 다시 돌아가기를 결정하고, 고시원을 뛰쳐나오며 바닥에 주저앉아 울 때마다 수도 없이 생각했어.

'누구에게 내 꿈을 담보로 돈 좀 빌릴 수 없을까? 시험에 합격할 때까지만, 제발.'

몇 달 치의 학원비, 교재비, 밥값과 더불어 가혹하게 느껴졌던 현실은 생각보다 넘기 어려운 벽이 아니었어. 오히려 내 마음이 그것들을 큰 괴물로 키우고 또 키워서 스스로 두려워하도록 만들었던 거였어. 내가 의지하는 사람들과 함께라면 못 이겨 낼 것이 없었어. 나는 그 시간을 보내며 주저앉으려고 하면 벽이 아닌 게 없고, 나아가려고 하면 문이 아닌 게 없다는 걸 깨달았지.

모든 수험생의 삶은 절박하지. 수험 그 자체가 큰 고비로 느껴질 거야. 하지만 그 고비를 못 넘기겠다며 자신과 타협하지 말고 한 번쯤은 반드시 이겨내 봤으면 해. 많이 방황하고 흔들려도 괜찮으니까 꿋꿋하게 걸음을 내딛어 보자. 내가 할 수 있는 것들에 정성을 다하면 되는 거야. 하루 치의 공부, 하루 치의 좋은 컨디션을 착실히 모아서 일주일 그리고 1달을 만들고, 그렇게 1년을 모으면 어느 순간 꿈에 도착해 있을 거야. 지금 가장 중요한 것이 무엇인지에만 집중해. 내가 '운동화 한 켤레가 닳기 전에'라는 목표를 만든 것처럼, 자신만의 목표를 만들어 보는 것도 좋아.

우리가 흔들릴 만한 이유는 세상 곳곳에 널려 있어. 하지만 그 어떤 순간도 흔들린 마음을 쉽게 내어 주지 말자. 그리고 내 곁에 든든하게 서 있는 사람들의 마음에 귀 기울여 봐. 우리는 절대 혼자가 아니야!

누구에게나
처음이 있어!

드디어 경찰 시험에 합격! 나는 순경이 되어 경찰로서의 첫발을 내디뎠어. 내가 처음으로 근무한 곳은 일명 '역전 지구대'라고, 역 근처에 있는 지구대였어. 이런 위치의 지구대는 상대적으로 바쁜 편이야. 보통 유흥가와 음식점이 몰려 있는 시내까지 관할해서 치안 수요가 꽤 있는 편이거든.

관내 지리도 익혀야 해, 무전 암호도 외워야 해, 근무 시간에 따라 밤도 새야 하고, 동료들과 잘 지내야 하는 등, 처음부터 배우고 익히며 신경써야 할 게 많았어. 차근차근 하나씩 열심히 배우겠다는 열정과는 달리, 추위, 배고픔, 졸음 같은 의외로 사소한 것들 앞에서 쉽게 나약해지더라.

그때만 해도 매일 새벽마다 3~4시간씩 음주 단속을 했어. 핫팩과 같은 방한용품이 흔하지 않던 시절이라 겨울에도 온몸으로 추위를 이겨 내야 했어. 평소에도 손발이 차던 나는 새벽 추위를 이기지 못하고 근무를 할 때마다 손발이 죄다 동상에 걸렸을 정도야.

한번은 추위를 이겨 보겠다며 비싼 내복을 한 벌 구입했어. 든든한 마음으로 야간 출근을 했고, 당당하게 근무에 들어갔는데 글쎄, 바지 지퍼가 덜 잠긴 바람에 내복이 고스란히 드러나는 사태가 발생했어. 그걸 발견한 조장님은 내게 직접 말하지 못하고 다른 여자 선배님께 살며시 그 사실을 알려 주며 전달하도록 했는데, 정말 부끄러웠지만 다 같이 웃었던 즐거운 추억이 있어.

거기다 야간 근무만 하면 왜 그리 배가 고픈지, 저녁밥을 든든하게 먹어도 새벽이 오면 허기가 졌어. 초저녁부터 자정까지는 신고가 집중적으로 들어오는 시간이어서 야식은 엄두도 못 내는데, 신고가 잠잠해지는 새벽 1시가 되면 야식 생각이 스멀스멀 올라와. 따뜻한 우동 한 그릇, 김밥 한 줄을 입 안에 쓸어 넣듯 먹고 돌아서면 그제야 아침까지 버틸 힘이 생기곤 했어.

밤에 졸음을 이기는 것도 쉽지 않았어. 분명 야간 출근 전까지 내내 잠을 잤는데도 새벽 5시만 되면 맥을 못 추겠더라. 내 의지로 어떻게 할 수 없을 만큼 졸음이 몰려왔어. 한번은 조장님이 운전하시는데 나도 모르게 옆에서 졸았지 뭐야. 무전 점검 소리도 못 들어서 조장님이 다 해결하셨을 정도였으니, 지금 생각해도 참 부끄럽고 죄송할 따름이야.

이처럼, 멋지게 범인을 잡고 사건을 해결하는 것보다 우선 적응해야 할 것이 바로 밤샘 근무였어. 경찰이 된다는 것은 교대 근무, 즉 야간 근무에 먼저 익숙해져야 한다는 뜻이기도 해. 생체 리듬을 깨고 역행하는 삶, 그것이 경찰의 삶이었던 거지. 물론 졸음, 배고픔, 추위는 다급한 신고 앞에서 보란 듯 사라지기는 하지만, 현장을 뛰는 내내 싸우고 이겨야 할 대상 중 하나임은 분명해.

하지만 사람은 적응하는 동물이라고, 나는 조금씩 지구대 근무에 익숙해지기 시작했어. 지구대에 찾아오는 사람들에게도 익숙해졌지. 어느 곳이든 역 앞에는 노숙자나 술에 취한 주취자가 배회하기 마련이야. 그러다 보니 이런 분들을 심심치 않게 손님으로 만나. 술에 취한 채로, 아니면 몹시 배가 고픈 상태로 말이야.

어떤 분은 지구대를 여인숙으로 착각하고 소파에 누워 버리셔. 그 상태로 깊은 잠이 들기도 해. 그러면 신분증을 확인하고 가족이 데리러 올 때까지 한시도 감시를 소홀히 할 수 없어. 특히 만취하신 분들은 숨을 쉬다가 잠시 멈추는 경우가 있어서, 종종 가까이 가서 숨소리를 확인해야만 해. 그런 사람들의 관리 감독은 막내인 내 업무였어. 누가 시켜서 하는 게 아니라 내가 알아서 해야 하는 일 중 하나이기도 했지.

어느 날은 한 여성이 술에 취한 채로 지구대를 찾아왔어. 밤이 깊어져 가는 시가에 아주 얇은 옷을 입고 말이야. 일단 여성이라서 그분이 가해자든, 피해자든, 그냥 손님이든 여성 경찰인 내가 맡았어. 그분은 처음에는 횡설 수설 말을 이어가더니, 급기야 울기 시작했어. 그러다 눈 깜짝할 사이에 옷을 모두 벗어 버리는 거야. 속옷 하나 걸 치지 않은 상태가 될 때까지 말이야. 급히 내 옷을 벗어 그분을 감싸려는데 저항이 워낙 세서 접근하기가 어려웠 어. 그렇다고 그분을 그냥 두고 볼 수도 없는 노릇이었지.

"모두 눈 감으세요! 이쪽 쳐다보지 마시라고요!"

나는 나도 모르게 동료들을 향해 눈을 감으라고 소리 쳤어. 갓 발령받은 새파란 신임 순경이 말이야. 머뭇거릴 겨를도, 주춤할 여유도 없었어. 본능적으로 내가 이곳에 서 무엇을 해야 하는지 느꼈고, 그 이후 내가 해야 할 일 과 가져야 할 태도를 하나씩 깨달아 가기 시작했어.

그 후 신임 순경 2명이 실습을 와서 나는 몇 달 만에 선 배가 되었어. 내가 배운 것들을 아낌없이 나누며 함께 조 금씩 성장하고 있었지. 그러던 어느 날, 주간 근무자가 오 기 전에 새벽 청소를 하고 있었어. 그때 112 신고 한 건이 접수되었는데, 유흥가 골목길에서 지인끼리 싸움이 났다 는 신고였어. 가장 가까이 있던 순찰차가 출동했는데, 조금 시간이 지나고 지원 요청이 들어왔어. 처음엔 사람들이 만취해서 통제가 어렵구나 싶었는데, 생각보다 상황이 심각한 것 같아 나머지 순찰차도 모두 현장으로 지원을 나갔어.

도착해 보니 현장은 이미 아수라장이었어. 이십대 후반의 건장한 청년 2명이 술을 마시다가 감정이 격해졌고, 서로 손찌검을 했다고 하더라. 이미 그들의 옷은 피투성이였어. 거기다 새벽 5시까지 술을 마셨으니 둘 다 인사불성이어서 통제가 거의 불가능한 수준이었지.

그들은 경찰이 도착했다는 것도 인식하지 못한 채 서로를 향해 계속 주먹을 휘둘렀어. 한 사람이 일방적으로 폭행을 가하고 있어서 바로 제지에 들어갔어. 명확하게 업무를 분담해서 두 팔, 두 다리, 허리춤까지 일사불란하게 제압을 시도했어. 피의자는 결국 도로 위에 엎드렸고, 우리는 그의 두 팔을 뒤로 한 채 수갑을 채웠어. 그런데 피의자가 철로 된 수갑이 끊어질 정도로 괴력을 발휘하는 바람에 동료들의 제복과 넥타이도 찢어지다 못해 피범벅이 되었어.

나도 한 사람의 몫을 하기 위해 피의자의 한쪽 발을 최선을 다해 제압했어. 비록 그 사람을 온전히 제압할 수는 없었지만, 동료들과 함께라면 못 해낼 것이 없었어.

나는 내가 온 힘을 다해 괴력을 가진 사람의 발을 누르던 그때를 지금도 잊지 못해. 그 순간에 느낀 감정은 내가 경찰로서 어려운 상황을 만나도 물러서지 않도록 언제나 나를 북돋워 주지.

경찰이 되면 이런 일들은 흔하다 못해 거의 매일 겪어야 해. 특히 현장 경찰이라면 그저 평범한 일상이라고 할 수 있을 정도야. 하지만 비슷한 신고는 있어도 똑같은 신고는 없듯이, 아무리 익숙하다 해도 매 순간 긴장하고 매번 촉각을 곤두세운 채 일할 수밖에 없어.

우리가 겪는 모든 위험하고 급박한 순간뿐만 아니라 삶과 죽음 그 가운데에는 언제나 경찰이 있어. 나 역시 실습생 때부터 여러 죽음을 목격했어. 투신자살 현장, 대형 교통사고 현장, 병사 현장 등 직업상 당연히 마주해야 하지만 볼 때마다 참 힘든 순간들이었어. 경찰서에서 퇴근해도 현장에서 본 잔상들은 오랫동안 내 안에 남아 있었고, 그때 받은 상처와 고통 들은 결코 쉽게 잊을 수 없었어.

그래도 교육생 신분에서 실습생으로, 실습생에서 신임 경찰로, 그 후로도 여러 보직을 경험하면서 조금씩 단단한 경찰로 성장했어. 나에게 찾아오는 신고, 사건 들은 모두 이유가 있었어. 아무 의미와 아무런 배움도 없이 그냥 다가오는 경험은 없었어. 사건을 하나씩 마무리할수록 내 안에는 깊고 다양한 경험이 쌓였고, 그것들은 내가 더 괜찮은 경찰이 되도록 만들어 주었어. 그렇게 보람과 상처, 상처와 보람의 경계를 넘나들며 나는 점차 '경찰'답게 변해 갔어.

지금 내 처음을 돌이켜 보면 너무 좌충우돌해서 생각만 해도 쥐구멍에 숨고 싶을 만큼 부끄러워. 차마 글로 쓰지 못할 실수도 많았어. 하지만 그때는 그때만의 순수한 열정이 있어서 반짝반짝 빛났던 것 같아. 그래서 누구나 처음을 잊지 않는 것이 중요해. 그 시절에만 가질 수 있는 초심은 지금의 내가 얼마나 성장했는지 보여 주고, 그때의 마음을 다시금 떠올리며 살아갈 수 있는 원동력이 되거든. 그러니 어떤 일이든, 처음이라는 이유로 너무 겁먹지 않아도 돼. 모든 '처음'은 우리를 한층 더 단단하게 만들어 주기 위해 꼭 필요한 것이니까 말이야.

생각해 보자.
아니, 해 보자!

수사 경과 제도라는 말을 들어 본 적 있니? 수사 경과 제도는 수사 전문 인력을 양성하기 위해 관련 시험을 쳐서 통과한 사람에게 자격을 부여하는 거야. 수사 경과가 있어야 수사와 관련된 부서에서 근무할 수 있어. 사이버 경력 채용(특채)으로 처음부터 수사를 배우는 사람도 있고, 일반 경과 부서에서 근무하다가 수사 경과로 전향하는 경우도 많아. 나는 일반 경과라 그동안 지역 경찰, 정보, 112 상황실, 교통, 경비, 여성·청소년 등 다양한 과에서 보직을 두루 맡았어. 스페셜리스트라기보단 제너럴리스트에 가깝다고 할 수 있을 거야.

어느덧 나는 순경, 경장, 경사, 경위를 거쳐 경감이 되었어. 당시 경감 계급은 한 경찰서에서 3년을 근무하면 다른 경찰서로 옮겨야 했는데, 나는 3년을 채우고 다른 경찰서의 교통 범죄 수사 팀장으로 가게 되었어. 원래 수사 경과가 없으면 가기 힘든 자리인데, 마침 서울청에서 '도로 교통사고 감정사'라는 자격증을 보유한 사람을 팀장으로 우대하라는 공문이 내려왔어. 마치 나를 위해 내린 공문처럼, 아주 절묘한 타이밍에 말이야.

도로 교통사고 감정사라니, 단어가 길고 어렵지? 이 자격증은 국가 공인 자격증으로, 교통사고의 원인과 결과를 조사해서 사고의 경위와 손해액 등을 감정할 수 있는지 평가하는 자격증이야. 내가 교통 관리 계장으로 근무했을 때, 옆 부서인 사고 조사 팀에서 조직의 성과 향상을 위해 자격증 취득을 독려했어. 그때 동료들과 함께 도전했지. 업무와 직결되는 중요한 자격증이었지만 생각보다 얻기가 수월하진 않았어. 시험이 꽤 까다로웠거든. 객관식은 물론 교통사고를 분석하는 주관식까지 있는 시험이라 합격률도 높지 않았어.

그래도 이왕 시작했으면 결실을 맺자는 마음으로 열심히 노력했어. 학습 동아리를 만들어 동료들과 강의를 같이 듣고 기출문제도 공유하면서 서로를 독려했어. 그렇게 취득한 자격증이 이듬해 나에게 더없이 소중한 기회를 안겨 준 거야. 내게 수사할 기회를 선물해 준 거지.

당시 나에게 이 자격증 취득을 적극적으로 권유했던 팀장님은 마치 미래를 내다본 사람처럼 말했어.

"계장님, 이 자격증 그냥 따 봐요. 다음에 교통 범죄 수사 팀장으로 가면 되니까요."

그때는 웃으며 넘겼는데, 그것이 현실이 되었어. 어떤 목적을 가지고 자격증을 따려고 했던 건 아니었지만, 돌이켜 보니 기회는 어떤 시기마다 조용히 다가오더라. 나는 그 자격증이 기회인 줄도 모른 채 덥석 잡았고, 지나고 보니 운명처럼 또 다른 소중한 기회를 얻게 된 거야.

"기회는 앞머리만 있고 뒷머리는 없다"라는 말이 있어. 기회가 왔을 때 잽싸게 잡지 않으면 다시 잡을 수 없다는 의미야. 그러니 언제나 준비된 사람이 될 수 있도록 노력하자. 그러면 기회가 먼저 손을 내밀어서 복을 내려줄 테니 말이야.

막상 교통 범죄 수사 팀장이 되고 보니 막막했어. 교통에 관련한 경험은 있었지만, 수사에 대해서는 문외한이었던 거야. 지금까지 쌓아 온 경험이 크게 도움이 안 된다는 생각이 들었어. 팀의 리더로서 팀원을 끌고 가려면 전문성이 기본이잖아. 그런데 난 그것이 없으니 아예 바닥에서부터 시작해야 했어.

발령이 나고 얼마 지나지 않았을 때야. 관내에서 자전거 사망 사고가 발생했는데 CCTV에 찍힌 단서만으로는 교통사고인지, 강력 범죄인지 판단이 서지 않았어. 일단 자전거 사망 사고인 데다 범인이 누군지 전혀 특정되지 않아서 우리 팀 사건으로 배당을 받게 되었지. 팀원들은 전부 퇴근했고, 처음 마주한 사건 앞에서 눈앞이 캄캄하더라. 일이 거기서 거기지, 라며 대수롭지 않게 여겼는데 막상 수사의 기본도 모르니 내가 팀을 통솔할 자격을 갖추지 못했다는 사실이 뼈저리게 느껴졌어. 이럴 줄 알았으면 이 자리를 지원하는 게 아닌데, 라는 후회도 밀려왔어.

밤 10시가 넘어가던 즈음, 형사와 수사 경력을 두루 갖춘 타 팀의 사고 조사 팀장님이 차 한잔하자며 부르셨어. 내가 갓 발령받았으니 얼굴이나 보자고 부르신 것이었지. 반가운 마음에 달려가 인사를 나누고, 내가 맡은 사건에 관해 여쭤보았어. 지금까지 수사한 단서만으로는 수사 방향을 잡기 어려울 것 같다, 내가 팀원들을 이끌어야 하는데 아무것도 몰라서 막막하다고 말했지. 워낙 대선배님이셔서 초면이지만 나도 모르게 속을 다 털어놓으며 도움을 요청했나 봐.

그러자 팀장님이 대뜸 차 키를 가져 오라고 하시는 거야. 그럴 때는 현장에 가서 찬찬히 살펴보면 답이 나온다고 하셨어. 어리둥절했어. 밤 10시가 넘은 시간이라 뭐가 보이겠나 싶었거든.

팀장님은 사고가 일어난 시간이 대략 몇 시냐고 물으셨어. 조사 서류를 보니 밤 9시 30분경이었더라고. 그러자 팀장님은 손뼉을 치면서 지금이 딱 좋다고, 사건이 일어난 시간과 거의 흡사하니 오히려 잘됐다며 나를 조수석에 태우셨어.

사건 현장에 도착한 우리는 피해 자전거가 S 아파트 옆 자전거 도로로 들어섰던 그 지점부터 걷기 시작했어. 아파트 초입부터 사고가 일어난 장소까지 피해 자전거가 지나간 길을 찬찬히 되짚었지. 놓친 CCTV는 없는지, 이미 확보한 CCTV 화면과 현장을 대조해 보며 피해자와 행인들의 동선에 의심스러운 점은 없는지 면밀하게 살폈어. 경사로의 기울기, 바퀴가 미끄러지며 남긴 스키드 마크, 브레이크를 잡았을 만한 지점, 피해 자전거의 최종 위치, 자전거를 타고 있던 피해자의 혈흔 등을 원점부터 하나씩 재확인한 거야.

짧은 거리인 줄 알았는데 다 보고 나니 자정이 넘어 있었어. 그런데 그게 끝이 아니었어. 모든 사건은 양면이 있고, 여러 방면에서 다양한 시각으로 현장을 봐야 한다며 팀장님은 되돌아오는 길도 촘촘히 수사했지. 땀과 서리에 온몸이 축축했지만, 야밤의 수사는 참 상쾌하더라. 사무실 속 서류 더미에서는 결코 느낄 수 없는 또 다른 희열이 있었어.

그렇게 베테랑 선배님께 사건을 해결하는 실마리를 얻는 법을 배운 후 나는 빠르게 적응하기 시작했어. 앞도 보이지 않는 캄캄한 밤에 몇 시간 동안 현장을 파헤치며 뜨겁게 배운 시간은 내게 무엇보다도 소중한 경험이 되었어. 경과와 경력이라는 형식적 요건보다 수사관의 마음가짐과 열정이 얼마나 중요한지를 알게 되었고, 서류만 들춰 보며 실마리가 안 보인다고 고민할 게 아니라 현장에 가서 묻고 답을 찾는 방법을 배웠어. 무엇보다 내 안에서 솟구치던 의심과 주저하는 마음, 두려움이 일순간에 사라졌어. 모르는 것보다 알기를 포기하는 것이 더 나쁘다는 것을 깨달았고, 누구에게나 처음이 있으니 나의 처음을 부끄러워하지 말자는 마음도 더 단단해졌지.

그렇게 팀장이 된 지 몇 달이 흘렀을까. 굵직한 사건들이 하나씩 들어오기 시작했어. 원래 묻기를 주저하지 않는 터라 직원들에게 부지런히 물으며 배웠어. 그러다 피의자만 수십 명에 달하는 자동차 보험 사기 사건을 맡게 되었어. 피의자들은 배달 기사인 동시에 동네 선후배 사이였어. 오토바이와 자동차를 이용해서 법규를 위반하는 차량을 대상으로 고의로 사고를 내고, 피해자에게 합의금을 편취하는 수법으로 범죄를 저질렀지.

사건의 규모가 크다 보니 다들 맡기 꺼려 했어. 손이 많이 가고 정성을 기울여야 하는 사건이었던 데다가 해결해야 할 다른 사건들도 많았거든. 선뜻 나서는 팀원이 없어서, 내가 맡겠다고 선언해 버렸어.

내가 정 수사관이 돼서 사건을 이끌어 나가고, 팀원들에게는 팀원 각자가 가진 강점에 따라 세세하게 업무를 분담했어. 좋은 말로는 업무 분담이지만, 사실상 시킨 거지. 나 혼자서는 감당할 능력이 안 됐고, 협업만이 살길이었으니까. 팀장과 팀원이라는 상하 구조가 그리 중요한 것은 아니었어. 공동의 목표를 향해 각자 잘할 수 있는 것을 모아 해내면 그만이잖아.

섬세하고 깔끔한 성격의 J 반장님은 디지털 포렌식이나 통신 수사, 압수 수색 등을 맡았어. 사무실보다 현장을 좋아하시는 E 반장님은 나와 함께 지방 교도소 등 전국 각지로 출장 조사를 다녔어. 피의자들이 공모해서 증거를 인멸하거나 수사망을 피해 가지 않도록 머리를 싸매며 긴 수사를 이어 갔어. 비록 자격 미달인 팀장이 선장으로 있는 배에 탄 팀원들이었지만, 내 진심과 열정을 모두가 알아주었는지 한마음으로 힘을 모아서 주범은 구속, 기타 피의자 10여 명은 모두 기소까지 시킬 수 있었어.

내가 경찰이 되어서도 여러 갈래의 길을 만났듯, 너희도 꿈을 이루더라도 그 안에서 다시 여러 개의 길을 마주하게 될 거야. 갈림길에서 다양한 방향의 선택을 할 수 있겠지만, 어떤 선택이든 시작은 초라할 수밖에 없어. 모두가 비슷해. 내가 선택한 그 길에서 곧바로 두각을 나타내는 사람, 타의 추종을 불허할 만큼 이름을 떨친 사람들과 비교하지 말고, 시작점에서 내 속도대로 한 걸음씩 뚜벅뚜벅 나아가 보자. 세상 어딘가에는 분명 내가 해야 할 일이 있기 마련이고, 나라서 더 잘 해낼 수 있는 일도 반드시 있으니 말이야.

경찰이 된 후로 퇴직하실 때까지 수사만 전문으로 한 팀장님이 계셨어. 그분은 내게 자신이 삶을 바라보는 시선을 알려 주고 떠나셨어. 사람마다 세상을 보는 법이 다른데, 이때 내가 어느 기준을 갖고 삶을 바라보는지가 중요하다고 하셨어. 인생은 고작 이 세 가지의 시선 안에 담겨 있다고도 하셨지.

첫째. 못 한다.
둘째. 생각해 보자.
셋째. 해 보자.

무슨 일을 할 때 못 한다는 마음으로 살기보다는 적어도 생각해 보자, 혹은 해 보자는 마음으로 살면 더 좋지 않을까? 물론 어떤 일을 맞닥뜨렸을 때 처음부터 '해 보자'고 마음먹기란 참 어려워. 하지만 처음에는 못 한다 싶다가도 생각해 보자고 마음을 바꾸면 더 좋고, 그러다가 '생각'을 떼고 '해 보자'라고 마음을 먹으면 좋겠어. 그렇게 천천히 한 단계씩 나아가 보면 생각보다 어렵지 않다는 걸 알게 될 거야. 삶의 시선에 따라 이룰 수 있는 범위가 달라지니까, 우리도 생각해 보자. 아니, 해 보자!

내가 정한 길을
벗어나지 않는 힘

순경 공채 시험 때 면접장에서 받은 질문이 아직도 기억나.

"야간에 음주 운전 단속을 하는데 아버지가 단속에 걸린다면 어떻게 하시겠습니까?"

준비한 모범 답안처럼 "일단 아버지를 단속한 후 벌금은 딸인 제가 지불하겠습니다"라고 흔들림 없이 답했어. 이 대답은 지금까지도 내가 경찰일 수 있도록 언제나 나를 붙잡아 주고 있어.

코로나가 한창이었던 시기에 아빠가 뇌졸중으로 쓰러

지셨어. 다행히 엄마가 빨리 발견한 덕분에 약물 치료와 입원 치료를 통해 차츰 호전되셨지만, 단기 기억력이 떨어지는 알츠하이머 병을 앓게 되셨지.

회복이 더디지만 아빠가 기억을 찾아가는 것만으로도 감사하던 어느 날이었어. 엄마의 다급한 전화를 받았어. 누가 집 뒤 공터에서 쓰레기를 태웠는데, 그 불씨가 옆 창고까지 태웠다는 거야. 겨울이라 날이 건조한 데다 바람까지 불어서 불이 쉽게 옮겨 붙었나 봐. 문제는 몸도 성치 않은 아빠가 그 사건에 연루되신 거야. 부모님께서 그 창고를 작은 텃밭과 거름 보관 장소로 이용 중이었거든.

충분히 아빠를 의심할 만한 상황이었어. 하지만 치매로 인해 인지 능력이 부족한 아빠가 시키지도 않은 일을 자발적으로 하실 확률은 낮아 보였고, 아빠도 자신은 절대로 그런 적 없다고 말씀하셨어. 거기다 현장에 남아 있던 쓰레기는 노상이 아니라 깊은 드럼통 안에서 태워졌다는데 그날의 바람이 그렇게까지 거셌을까? 라는 생각도 들었어.

고의로 불을 지른 방화가 아니라 실수로 불을 낸 실화였기에 다행히 인명 피해는 없었지만, 재산 피해가 생각보다 크다는 게 문제였어. 아빠가 범인이 아니기를 간절히 기도하면서도 내 안에서 불쑥 이런 마음이 올라오더라.

'시키지도 않은 일을 아빠가? 설령 아빠가 그랬다고 해도 CCTV만 없으면 되는데, 시골에 CCTV가 있겠어? 만약 CCTV가 있다고 해도 그게 가짜여서 녹화가 안 됐으면 좋겠는데…….'

하지만 나의 생각과 달리 현장 근처에 CCTV가 있었고, 정상 작동했어. 이웃들로부터 경찰들이 CCTV를 확보해 갔다는 소식을 들으니 또 이런 생각이 들더라.

'설마 아빠가 CCTV에 찍혔을까? 이 사건의 담당 형사가 누굴까? 사건이 어떻게 돌아가는지만 살짝 물어볼까? 아빠한테 유리하게 해 달라는 게 아니니까 그 정도는 물어볼 수 있잖아. 만약 아빠가 그랬다고 하더라도 정신이 없으셔서 뒷수습을 못 한 탓에 불이 번진 것일 텐데.'

내 감정선을 따라가다 보니 스스로가 무서워졌어. 어느 순간 내가 경찰이라는 사실을 잊고, 딸로서 아빠의 편만 들고 있었거든. 하지만 이런 마음을 접고 경찰 입장에서만 생각하려니 가족들에게 면목이 없었어. 딸이 경찰인데 도움을 주기는커녕, 뻔하디 뻔한 이야기만 할 수밖에 없더라고. 경찰이 되면 가족의 든든한 울타리가 되어 줄 수 있을 거라 생각했는데, 막상 이런 상황에 놓이니 내가 해 줄 게 없다는 현실이 안타까웠어.

물론 '가족 일이니까 그 정도는 할 수 있지. 털어서 먼지 안 나는 사람 없다'며 스스로 타협했을 수도 있을 거야. 담당 조사관에게 수사 진행 사항을 문의하는 것은 지극히 정상적인 절차니까 말이야. 오히려 내가 경찰이 아니었다면 조금 더 당당하게 사건에 관해 문의했을 거야. 하지만 나는 경찰이라는 나의 신분을 의식해서 더 물어보지 못했어. 그런 행위 자체가 공정성을 해칠 거라는 생각이 들었거든.

그제야 정신이 번뜩 들었어. 어떤 불의에도 타협하지 않으려고 애썼고, 평생 엄마에게 그런 가르침을 받은 나인데, 경찰의 양심을 숨기고 아빠와 가족을 지키는 건 아니라고 마음을 다잡았어. 이 사건에 나의 신분을 이용해서는 안 된다고 생각한 거야. 비록 내가 아빠와 가족에게 해 줄 수 있는 건 없었지만, 지금까지 지켜 온 내 꿈 앞에서 부끄럽지 말자고 다짐했어.

그런 내 마음은 엄마가 가장 빨리 알아차렸어. 엄마는 내가 양심을 지키기 위해 버티는 모습이 안쓰러웠는지, 부모 잘못 만나서 고생한다며 오히려 나를 위로하셨어.

"모야, 괜히 애쓰지 마라. 우리 딸 경찰 생활에 해 될라. 잘못했으면 벌 받으면 되고, 너희 아빠 잘못이면 손해 배상해 주면 되지. 순리대로 살자, 순리대로."

아빠가 조사를 받던 날, 나는 휴가를 내고 부모님 곁을 지켰어. 따뜻한 밥을 사 드리고, 떨지 않으시도록 손을 꼭 잡아 드렸어. 경찰이 아니라 딸의 자격으로 말이야. 형사 앞에서 CCTV 속 아빠의 모습을 같이 확인했어. 조사는 빠르게 마무리되었고, 아빠는 실화죄로 기소되어 벌금형을 선고받았어. 물론 아빠의 건강 상태를 고려한 선처는 없었고, 잘못한 만큼 벌을 받고, 손해를 배상했어.

순경 채용 면접 때 받았던 질문은 20년이 지나 나에게 돌아왔어. 그리고 나는 정말 벌금을 대신 내드렸어. 그리고 그 어떤 상황에서도 부모님 곁을 지키며 마음을 보탰어. 경찰인 나보다 더 경찰다운 우리 엄마! 가족을 지켜주는 슈퍼히어로이자, 한 치도 부끄럽지 않은 삶을 살아오신 멋진 우리 엄마. 이런 엄마의 올곧은 성품 덕분에 내가 계속해서 당당한 경찰을 꿈꾸는지도 모르겠어.

　예전에는 경찰끼리 사건에 대해 문의하거나 알음알음 알아봐 주는 관행이 있었는데, 요즘은 아예 이런 문의를 할 수 없도록 조직에서 철저히 관리하고 있어. 예전과 달리 사소한 사건 조회 기록 하나까지 흔적이 남아 비밀이라고는 없는 투명한 세상에 살고 있으니 말이야. 지금 당장은 들키지 않고 넘어갈 수 있어도, 영원히 밝혀지지 않는 진실은 없잖아. 작은 호의나 배려가 누군가에게는 불공정한 수사로 보일 수 있는 만큼 모두가 노력하고 있어.
　하나의 예를 들어 볼게. 어떤 사람이 자신과 친한 지인이 교통사고로 경찰서에 조사를 받으러 가는데, 담당 조사관에게 전화해서 친절하게 대해 달라고 부탁해. 어려운 사건이 아니라 진술만 한 번 하면 되는 일이었지만, 친한 지인 입장에서는 경찰서에 오는 것 자체가 큰 부담이니까 조금만 친절하게 해 달라고 말이야.

물론 평생 한 번 갈까 말까 한 경찰서니까 부담스러운 마음은 충분히 이해하지. 괜히 경찰서에만 오면 심장이 뛴다거나, 지은 죄가 없어도 움츠러지는 그런 마음 말이야. 그리고 사람이 하는 일이라서 전화 한 통, 작은 말 한마디에 마음이 조금 편안해질 수도 있을 거야. 하지만 큰 효력은 없다고 말하고 싶어. 요즘은 자신의 담당 조사관을 믿고 그분께 직접 문의하는 것이 가장 빠르고 정확하거든. 그 외에 정보 공개 등 절차도 있어서, 굳이 누군가를 통해서 알음알음 정보를 알아낼 필요가 없어졌어.

나도 비슷한 경험이 있었는데, 나는 그런 부탁을 받아도 담당 조사관에게 전화조차 하지 않았어. 대신 조사를 받으러 오시거나 민원 처리를 위해 방문하시는 그분을 경찰서 마당에서 직접 만나 경찰서 옆 카페로 안내했어. 따뜻한 커피를 한 잔 사 드리고, 그분의 심정을 충분히 들어 드렸어. 그러고는 해당 부서로 안내하며 출입문까지

열어 드렸지.

"조사관님, 여기 선생님께서 조사받으러 오셨다고 합니다. 잘 부탁드립니다."

보통의 절차로, 누구에게나 베푸는 친절에 불과하지만 나는 최선을 다해. 이렇게 경찰이 노력하는 만큼, 국민도 조금만 더 경찰을 믿어 준다면 알음알음 뒤에서 친절을 기대하는 문화는 언젠가 뿌리 뽑히지 않을까 싶어.

경찰은 시민들을 위해 봉사하고 도움을 주는 일도 하지만, 법규 위반을 단속하고 위법 사항에 대한 수사도 병행해. 그렇기 때문에 이해관계가 얽힌 분들에게 친절은 통하기 어려울 때가 많아. 그럼에도 나는 친절이 필요한 곳에서는 친절을 잃지 않으려고 노력해. 그리고 그 친절이 상대의 마음에 가닿기를 진심으로 바라.

경찰이 된 지 오랜 시간이 지났지만, 나는 아직도 더 큰 어른으로 자라나는 중이야. 그래서 흔들리는 순간도 많아. 십대 시절과 달리 내가 할 수 있는 일은 늘었지만, 여전히 환경은 마음대로 바꿀 수 없고, 예상치 못한 문제들

은 쉬지 않고 일어나거든. 그렇기 때문에 삶의 굽이굽이
마다 배운 지혜를 무기로 내가 걸어가야 할 길에서 벗어
나지 않도록 다잡는 힘을 키우는 중이야. 할 수 있는 일이
많아져서 오히려 잘못된 길로 가는 것도 쉬울 수 있으니,
더 단단히 나를 붙잡아야겠지?

어떤 순간에도 나를 잃지 않는 것, 어떤 유혹에도 경찰
의 본분을 지키는 것. 이건 쉬운 듯 보여도 매 순간 용기
를 내야 하는 일이야. 이 글을 쓰는 지금도 나는 용기를
내고 있어. 그리고 여기에 고백한 이야기가 앞으로도 나
를 지켜 줄 거라는 걸, 흔들리지 않도록 나를 붙잡아 줄
거라는 걸 알아.

내 이름 '장신모'의 한자가 무슨 뜻인지 아니? 베풀 장
(張), 매울 신(辛), 법 모(模)! 넉넉히 베풀면서도 법 앞에서
만큼은 매운 태도로 확고하게 우뚝 서라는 뜻이야. 이 의
미는 내가 스스로 부여한 것이지만, 나는 경찰로서 언제
나 그런 마음으로 살아가려고 노력해. 어쩌면 그 누구보
다 나 자신에게 법이라는 잣대를 더 엄격하게 적용하고

있어. 그만큼 경찰이 가져야 할 직업 윤리에 혹독한 기준을 세워서 나 자신을 지키려고 애쓰는 중이야.

우리는 각자 저마다의 기준으로 스스로를 지키고 있어. 누가 봐도 멋진 나, 내가 봐도 멋진 나를 위해 세운 기준이 있다면 어떤 상황에서도 타협하지 않고 쭉 밀고 나아갔으면 해. 그렇게 지킨 '나'라는 사람은 어느 순간, 어느 모습이라도 '진짜 나'로 우뚝 설 테니까 말이야.

3장

흐들리지 않는 나?
흔들려도 괜찮은 나!

오조준하면
어때?

내 실패담을 쓴다면 이 책 전부를 할애하고도 부족하지 않을까 싶어. 눈치 빠른 친구들은 이미 알고 있을 수도 있겠지만, 실패해도 괜찮아. 몇 번이든 말이야. 내 삶도 실패로 다져진 삶 그 자체거든. 그렇게 자주 실패했는데, 어떻게 괜찮을 수 있냐고? 지금 내 모습을 봐. 경찰로, 엄마로, 아내로, 장신모로 하루하루 잘 살아 내고 있잖아.

며칠 전, 아이들이 "엄마, 오늘도 졌어!"라며 현관문을 박차고 들어오더라. 나는 아이들에게 우리는 인생에서 대부분 지고, 아주 가끔 이긴다고 말해 줬어. 그러니까 오늘 너희가 지고 온 것은 아주 평범한 일상 중 하나일 뿐,

그 이상의 의미는 없다고 말이야. 이 말과 함께 아이들에게 들려줬던 이야기를 너희에게도 들려줄게.

경찰이 되고 나니 승진 기회는 많았어. 경찰은 순경부터 치안총감까지 총 11단계의 계급이 있어. 일반 공무원보다 2단계 더 많은 셈이야. 보통 순경 공채(9급)로 들어오고, 경찰 대학교를 졸업하거나 경찰 간부 후보로 입직하면 경위(7급)부터 시작하기도 해. 그 외에도 로스쿨 특별 채용은 경감(6급)부터 시작해.

경찰 승진은 심사 승진, 시험 승진, 특별 승진 등 세 가지로 나눌 수 있어. 심사 승진은 근무 경력 및 업무 능력을 두루 인정받는 것이고, 시험 승진은 업무 능력과 함께 법 과목과 경찰 실무 지식을 시험으로 인정받는 거야. 그리고 특별 승진은 정해진 기간 안에 공적을 모으거나, 주요 범인 검거 등 특별한 유공이 있으면 즉시 승진을 시켜주는 제도라고 보면 돼. 심사 승진은 일정 경력을 채워야 가능하지만, 시험 승진은 최저 근무 연수만 지나면 누구든지 도전할 수 있어서 승진 방법마다 각각의 매력이 달

라. 그러니 각자의 성향과 강점에 따라서 승진 방법 중 하나를 선택해서 도전할 수 있어.

나는 순경 공채로 시작했고, 시험 승진이라는 방법에 매력을 느꼈어. 최저 근무 연수만 채우면 누구에게나 기회를 열어 주니 주저할 이유가 없었어. 경찰 업무를 할 때 법률 지식은 물론 실무 지식도 꼭 필요한데, 승진 제도가 이에 도움이 될 것이라고 생각했어. 하지만 공부 하나만 하는 것도 벅찬데, 일과 공부를 병행하기가 쉽지는 않잖아. 퇴근 후 즐기는 여유로운 휴식 대신 공부를 선택한 거니까 말이야.

그래도 기회가 오면 꼭 해 보겠다고 마음을 먹었고, 실제로 여러 번 도전했어. 물론 도전할 때마다 성공한 건 아니야. 합격한 횟수만큼 떨어지기도 했는데, 시험에 불합격했다 해도 준비했던 기간이 결코 무의미한 시간은 아니었어.

열심히 준비했던 시험에 떨어지면 누구나 힘들고 절망스러워. 며칠 동안은 괜찮다, 고생했다, 엄청 멋있다고 스스로 위로해도 괜찮아. 누구나 지친 자신을 다독이는 시간이 필요하잖아. 울고 싶은 마음이 들면 울어도 괜찮아. 눈물도 쓸모가 있어. 위에서 아래로 소리 없이 흐르는 단순한 동작이 우리에게 위안을 주기도 하거든. 그렇게 시간의 흐름에 잠시 몸을 맡기면, 어느 순간 눈물은 흔적도 없이 사라져. 그때 눈물이 마른 그 자리에서 다시 일어나면 돼.

하지만 지는 데 익숙해지거나, 져도 괜찮다는 마음을 당연하게 여기지는 않았으면 좋겠어. 내 마음을 추스르고 위로할 정도, 딱 그 정도에서 멈출 수 있다면 실패는 과정이 될 수 있어. 성공과 성공, 그사이 무수한 실패를 우리는 과정이라 부르거든. 그래서 실패도 잘해야 한다는 말이 있어. 실패를 했느냐, 안 했느냐 보다는 실패를 대하는 자세가 더 중요하다는 뜻이야. 실패를 통해 다음 성공을 이끌 만한 배움을 얻었다면, 참 잘한 거야.

경감 시험을 준비할 때였어. 출산과 휴직 등 아이를 낳고 기르는 동안 생긴 공백 때문에 시험을 칠 수 있는 자격 요건을 갖추지 못했어. 시험에서 100점을 맞는다고 하더라도 절대 합격할 수 없었지. 하지만 나는 실패가 확실한데도 시험에 도전했어. 합격을 목표로 공부량과 컨디션을 조절하며 쭉쭉 나아갔어. 시험 결과는 당연히 불합격이었어. 성적으로만 따지면 합격하고도 남을 만큼 충분했지만 말이야.

억울하거나 슬프거나 절망스럽지는 않았어. 애당초 나의 목표는 합격이 아니라, 실전 연습이었거든. 누군가는 시험에 떨어졌으니 실패한 것 아니냐고 할 수도 있어. 하지만 진짜 나의 목표는 따로 있었기에, 내 기준에서는 멋지게 목표를 달성한 거였지. 그리고 곧이어 새로운 목표를 세웠어.

"1년 동안 이대로만 하면 합격할 수 있겠다. 대신 시간이 있으니 고득점을 노려보자."

그렇게 나는 다음 해 시험에 합격했어. 이때 나를 믿고 나아가는 힘이 곧 나의 자신감이 된다는 것을 확실히 깨달았어. 요행을 바라거나 신의 도움을 갈구하는 것이 아니라, 내가 내딛는 걸음을 믿고 차분히 나아가는 스스로를 믿게 된 거야.

우리 모두 어떤 일을 이겨 내는 게 힘들어서 피하고 싶었던 경험이 있을 거야. 하지만 두려워하지 마. 반대로 힘들어도 기어코 마주하고 싶은 경험도 만날 테니까. 그런 경험을 만날 때 당당하게 마주하기 위해, 지금 이 시간이 실패를 과정으로 바꾸는 연습이라 생각했으면 좋겠어.

의도된 실패는 실패가 아니래. 실패도 잘 다루면 쓸모가 있어. 내가 얻으려고 한 것을 얻었다면 남들이 뭐래도 그건 실패가 아니라 성공! 그 작은 성공이 모여서 최종 목표까지 이뤘다면 정말 대성공이야.

나는 대학교에서 교육을 받을 때부터 사격에 소질이 있는 편이었어. 남다른 비법이 있는 건 아니고 '큰 손' 덕분이지 않을까 싶어. 손이 내 체구에 비해 크다 보니 38구경 리볼버 권총을 잡았을 때 착 감기는 맛이 있었어. 그래서 어렵지 않게 사격 점수를 따고는 했지.

그런데 어느 날부터 총알이 과녁판을 빗나가기 시작했어. 뚝뚝 떨어지는 점수 덕분에 '사격 저조자 교육'까지 다녀오게 되었지. 하루에 200발씩, 손에 물집이 잡히도록 총을 쏘고 나니까 정신이 조금 들었어. 하지만 여전히 원인을 찾을 수 없었어. 손이 얼얼하도록 총을 쏘며 연습했는데, 도대체 뭐가 문제지? 나는 처음부터 찬찬히 내가 예전에 어떻게 했는지를 되짚어 보았어.

'웨버 자세'라고 들어 봤니? 웨버 자세란 한 발을 뒤로 빼고 사선으로 몸을 살짝 틀어서 총 쏘는 자세를 말해. 근거리에서 두 눈을 뜨고 조준하는 자세로, 경찰이라면 가장 익숙한 자세 중 하나야. 두 눈을 뜨고 조준하는 것이 원칙이지만, 나는 양쪽 눈의 시력 차이가 커서 주로 오른쪽 눈을 뜨고 고개를 오른쪽으로 비스듬히 기울인 자세로 사격을 해 왔어.

그런데 어느 날 문득 '왼쪽 눈보다 오른쪽 눈의 시력이 더 나쁜데, 굳이 오른쪽 눈을 뜨고 사격할 필요가 있나?'라는 생각이 들었어. 그때부터 왼쪽 눈을 뜨고 사격하는 자세로 바꾸었어. 조금이라도 더 잘하고 싶다는 일념으로 말이야. 하지만 이때 어깨 각도, 양발 너비 및 위치, 힘의 방향 등에 대한 고려는 전혀 없었어. 자세는 그대로인데 감는 눈만 바꿨으니 당연히 초점이 맞을 수가 없었던 거지. 나의 작은 욕심이 화근이 되어 오히려 기본 실력마저 잃게 된 거야.

그 후로도 사격 실력은 들쑥날쑥했어. 특히 사격 성적이 승진에 반영되는 정례 사격 때는 동료의 과녁판에 5발을 잘못 쏘는 실수까지 저질렀지. 비록 훈련이었지만 아찔했어. 단순 실수라고 하기 힘든 일이었거든. 만약 실제 현장에서 그랬다면 큰 위험이 따랐을 테니까 말이야. 나는 마음을 굳게 다잡고 이러한 실패를 통해 나만의 사격 비법을 하나씩 쌓아 갔어. 배운 것들은 철저하게 메모하고, 다음 사격까지 반복 숙지하며 감을 잃지 않도록 노력했어.

내 노력이 빛을 발한 걸까. 다음 경감 기본 교육에서 나는 사격 1등을 했어. 사격을 잘하기로 소문난 사람들도 여러 명 있었는데, 운이 따라 준 덕분인지 결과가 좋았어. 교관님은 내 표적지 사진을 찍어서 수업할 때 본보기 삼아 보여 주셨다고 해. '사격 시 유의 사항'에서 '사격 본보기'로, 나는 실패를 디딤돌 삼아 성공의 발판을 마련한 거야.

정례 사격을 할 때는 먼저 연습 사격으로 5발을 쏴. 이 때의 사격은 점수에 반영되지 않아서 편안한 마음으로 쏘지만, 그 결과를 참고해서 실전 사격을 하는 거야. 연습 사격 때 과녁판을 제대로 조준했다고 하더라도, 상탄(총알이 위로 몰리는 현상)이나 우탄(총알이 오른쪽으로 몰리는 현상)이 날 수도 있어.

그래서 실전 사격에서는 과녁판의 정중앙을 겨냥하는 '정조준'이 아니라, 총구의 위치를 상하좌우로 옮겨 가며 사격해. 그날 총 상태, 나의 컨디션 등 여건을 고려해서 의도적으로 방향을 다르게 조준하는 거야. 그걸 '오조준' 이라고 불러. 방향은 틀어졌지만, 결과적으로는 10점을 겨냥해서 쏘는 거지. 그러니까 과녁판 중앙이 아니라 엇나간 방향을 조준하면서도 과감하게 나를 믿고 쏴야 한다는 뜻이야.

연습 사격 후 바로 이어서 실전 사격을 하니, 순간적으로 판단하고 결정하는 힘이 정말 중요해. 오조준하겠다고 마음을 먹었더라도 바로 실행으로 옮긴다는 건 평소 부단한 훈련과 나에 대한 믿음이 있어야만 가능한 일이거든. 결국, 오조준은 오답이 아니야. 과녁판의 정중앙에서 살짝 비켜났을 뿐, 오히려 그 비켜 간 방향이 정답일 수도 있어.

처음부터 잘하는 사람은 없어. 처음에는 잘하더라도 계속 잘하는 사람도 없지. 누구나 중간에 길을 잃거나 실패를 거듭하면서 조금씩 배우고 성장하는 거야. 그러니 무수한 실패를 통해 나만의 성공의 키를 잡아 보자. 모두 다른 각자의 삶처럼, 각자가 판단하고 결정하며 믿고 나아가는 것! 그게 바로 진정한 오조준이야. 명심해! 나의 방향은 내가 믿고 있는 한, 조금 삐뚤어졌다고 하더라도 언제나 10점 만점에 10점이야.

나만의 무기로
레벨 업!

어느 날, 동료가 내게 상처 주는 말을 했어. 그 말을 들은 나는 동료에게 "그렇게 말씀하셔도 저 상처 안 받아요"라고 말했어. 상대에게 이렇게 말하기까지 스스로 얼마나 많은 벽을 깨 왔는지 몰라.

사람은 생각보다 타인의 말에 쉽게 휘둘려. 하물며 다 자라지 않은 십대 시절에는 얼마나 심한지! 친구, 선생님, 부모님의 작은 말 한마디에도 잠 못 이루며 고민하고는 하지. 나는 십대를 지나 어른이 된 후에도 타인의 말에 자주 상처를 받았어. 이런 상처들은 대부분 내가 방심하고 있는 찰나에 나를 공격하기 때문에 방어할 타이밍을 놓치기 일쑤야. 분위기상 아무 말도 하지 못하고 그냥 뒤돌아선 날에는 꼭 집에 가서 후회가 밀려들었지. 나는 남들보다 조금 이른 나이에 경찰이 되면서 사회생활을 빨리 시작한 편이었는데, 그만큼 쉽게 상처를 받기도 했어.

경찰이라는 꿈을 이루었지만, 그것과 별개로 여느 직장과 다름없이 현실은 팍팍했어. 상사와 동료 들에게 인정받는 일은 꽤 까다로웠어. 일 잘하는 건 기본, 성격도 좋아야 하고 예의까지 깍듯해야 했어. 어리고 영리하니까 높이 올라갈 재목이라며 나를 치켜세워 주는 말에 갇혀 무슨 일이든 열심히 하려고 노력했어. 원래 내가 잘 웃고 분위기도 잘 맞추는 성격이다 보니 나를 편하게 대하는 분들이 많았고, 그분들은 나를 위한다는 명분으로 만날 때마다 이런저런 조언을 곁들이는 것도 빼놓지 않았어. 나는 나를 위한 말이라고 하니까 언제나 토끼 눈을 하고 열심히 새겨들었지.

하지만 잘하고 싶은 마음과 인정받고 싶은 욕구가 커질수록 남들의 한마디에 크게 흔들렸어. 티끌만큼 작은 지적에도 밤잠 설치며 고민하고, 작은 칭찬에도 세상을 다 가진 듯 기뻐했지. 남들의 긍정적인 시선과 기대가 마치 내 행복과 미래를 좌우할 수 있는 기준인 것 같았어.

경찰이 된 후 한동안은 괜찮았어. 나를 낮춰서 타인에게 맞추고, 좋은 사람처럼 보이기 위해 노력하며 사는 것이 편했거든. 남들 앞에서는 좋아도 웃고, 싫어도 웃었어. 싫은 티를 내면 내게 다시 그 상처가 돌아온다고 생각해서, 싫어도 애써 아닌 척하는 게 생존에 유리하다고 판단했어.

하지만 그렇게 사회생활을 하면 할수록 노련해지기는 커녕, 점점 나 자신을 잃어가는 게 느껴지더라. 누구를 위해 인정받고, 누구를 위해 노력하고 있는 건지 스스로 의문이 들기 시작한 거야. 해야 할 말과 하고 싶은 말은 많은데, 타인의 반응을 의식하다 보니 그냥 그 말들을 삼킬 때가 많았어. 웃음기를 거두고 진지하게 말하면 어색하고 불편한 사이가 될까 봐 두려워했어. 그러다 보니 어느 순간부터는 나의 웃음도, 진정성도 모두 가짜 같았어.

이러다가는 정말 나를 잃어버리겠다는 위기감이 들었

어. 그래서 자기 전에 몇 권의 책을 베개 삼아 지혜를 구해 보았어. 사람마다 화가 나거나 슬플 때 감정을 이겨 내는 방법이 다 다른데, 나는 그럴 때마다 책을 읽어. 물론 원하는 답이 항상 책에 있는 것은 아니야. 하지만 내가 무너질 때마다 책은 언제나 담백하고 지혜로운 조언을 건네주었어. 나를 질타하거나 몰아세우지 않으면서, 스스로 길을 찾도록 곁에서 묵묵히 바라봐 주었지.

그렇게 책 속에서 나를 지킬 수 있는 문장, 나를 일으키는 문장들을 하나씩 모았어. 메모를 하고, 일기도 쓰면서 나만의 공간에 틈틈이 기록으로 남겼어. 내가 모은 문장들을 곱씹다 보면 언젠가 중요한 순간에 그 문장들이 나를 일으켜 줄 것이라고 믿었거든. 그리고 정말로 그 문장들은 어느 순간부터 나를 지키는 방패가 되어 주었어.

어느 날, 친한 동료가 공식 석상에서 사적 친분을 빌미로 기분이 언짢아지는 말을 했어. 편한 사이니까 그럴 수도 있겠다 싶었지만, 아름답게 받아치기로 했지.

"과장님, 상처 줘도 안 받습니다. 아시잖아요. (웃음)"

나는 능청스럽게 웃으며 이 말을 뱉고 있었어. 웃으며
할 말을 해 버린 거야. 내가 정말 하고 싶었던 말을 삼키
지 않고 해냈어. 거기다 나는 진심으로 활짝 웃고 있었어.
상대의 반응을 살피며 불안해하지 않았어. 그래서 그 후
로도 종종 연습하고는 해.

"제 삶은 제가 판단할게요! 주문하지 않은 충고는 괜찮
습니다!"

십대의 청소년도, 사십대의 어른도, 타인의 말 한마디
에 적잖이 신경 쓰고 상처를 받으며 살아가. 특히 사랑하
는 가족, 친한 친구, 동료, 선생님 등 가까운 사이일수록
그들이 건네는 말의 영향력이 커져서 내 안에 큰 여운을
남기기 마련이지. 그 여운은 감동이 될 때도 있고, 상처가
될 때도 있어. 나의 감정을 돌보듯 타인의 감정을 헤아리
다 보면 나도 모르게 그 사람에게 끌려다닐 수도 있을 거
야. 괜찮은 척 넘기다가도 남아 있는 감정의 찌꺼기에 뒤
늦게 아파하기도 했을 거야.

그럴 때 타인이 건넨 불쾌한 감정을 그대로 묵혀 두지
말자. 내가 소중하게 여기는 사람이 주는 것이라 해서 다

받지 않아도 돼. 더군다나 그것이 나에게 상처를 준다면 더더욱 말이야. 다만 내가 받아치는 말들이 상대에게 또 다른 상처가 되지 않도록, 조금 더 세련되게 표현하는 방법을 연습하면 돼. 그러다 보면 더 능숙하고 고상하게 내 마음을 표현할 수 있고, 그 어떤 상처나 공격 앞에서도 의연하게 대처할 수 있을 거야.

주위를 둘러보면 훌륭한 사람이 참 많아. SNS만 봐도 부러운 삶들이 차고 넘쳐서, 하염없이 구경하다 보면 나도 모르게 저절로 기운이 빠질 때도 있어. 내가 가진 것들은 초라하고, 턱없이 부족하게만 느껴져서 괜히 마음이 작아지기도 해. 부러우면 지는 거라는데, 내가 가지지 못한 것들을 보며 수시로 부럽고 탐이 날 때도 있어.

어릴 때는 잘 몰랐어. 계급이 낮을 때도 잘 몰랐지. 하지만 내 위치가 점점 올라가고 세상을 바라보는 시선이 높아지다 보니, 내 옆에 있는 훌륭하고 멋진 사람들이 보이더라. 다들 하나같이 재능 있고, 인품은 또 얼마나 훌륭한지 몰라. 흠잡을 데 없는 출중한 능력, 여유로운 경제력

등 무엇 하나 안 부러운 게 없었어.

한 동료가 있었어. 그는 필요한 시기에 현명한 판단을 내리는 어진 사람이었고, 당연히 사람들에게 인정을 받았어. 그 모습을 바라보는 나는 그가 부럽기도 하고, 멋지다고 생각했어. 조금 주눅이 들기도 했지. 하지만 그건 그가 쌓아온 시간이 해낸 것이기에 절대 탐해선 안 된다고 마음을 다잡았어.

우리는 모두 각자가 쌓아 올린 시간으로 저마다의 삶을 살아가고, 그건 비교나 부러움의 대상이 되어서는 안 돼. 그래서 타인과 나를 비교하는 마음이 피어날 때마다 나는 내 주변에 좋은 사람, 특히 배울 점이 많은 사람이 있는 것이 얼마나 멋진 일인지 생각하려고 노력했어. 그 사람들의 아름답고 훌륭한 면을 보며 그 사람은 그 사람이고, 나는 나라는 생각도 함께하면서 말이야.

어떤 순간에도 내가 나답기 위해서는 부러움과 질투심에 지면 안 돼. 내가 부러워하는 누군가도 화려한 모습 이면에 분명 남에게 말 못 할 아픔이나 사연이 있을 수 있어. 내가 보는 타인의 모습이 그 사람의 전부는 아니야.

그러니 타인의 단편적인 모습만 보고 비교의 늪에 빠져서 상대적 박탈감에 괴로워하지 않도록 애써 보자.

이기는 것보다 지지 않는 것이 중요하다는 말이 있어. 타인이 쌓은 재력이나 능력을 넘어설 수 없다면, 나 자신만의 가치와 능력으로 승부를 보는 것은 어떨까? 다른 누구와 비교할 수 없는 나만의 강점을 스스로 되새겨 보는 거야.

거짓말처럼 들리겠지만, 나는 명품 가방보다 에코 백에 들어 있는 한 권의 좋은 책이 더 탐나. 그리고 그런 사람이 되려고 꾸준히 노력해. 타인이 걸친 명품을 세세하게 따져 보며 저게 다 얼마일지 견적을 내는 사람이 아니라, 누군가의 손에 들려 있는 책 표지에 눈길을 빼앗겨서 흠칫흠칫 궁금해하는 삶을 살고 싶어.

우리는 자기 안에 있는 것으로 우리의 삶을 증명할 수밖에 없어. 그 증명은 바로 각자가 가진 강점으로 하는 거야. 타인의 것을 기웃거리고 탐내는 것이 아니라, 내 안의 무언가로 승부를 보려는 마음! 그러기 위해 자신의 안을 채우고 성장하려고 부단히 노력하는 것이지.

　진정한 경쟁은 상대를 인정하는 것에서부터 시작한다고 해. 그가 가진 것이 무엇이든, 그의 것으로 인정해 주자. 그리고 내 안에 있는 나만의 무기들을 찬찬히 살펴서 승부를 보자. 대신 나의 무기도 레벨 업이 필요하니까, 노력을 게을리하지 않도록!

실수 앞에서
등 돌리지 않을 용기

둘째 아이가 자전거를 배울 때 생긴 일이야. 아이는 속도는 곧잘 내는데, 코너를 돌거나 장애물이 나타날 때 브레이크를 잡지 못해서 아빠한테 혼나고는 했어. 앞으로 가는 것보다 멈춰 서는 것이 더 중요하다고, 멈추는 것부터 익히라고 신신당부했지만 좀처럼 고쳐지지 않았어.

그러다 우려하던 일이 벌어졌어. 공원에서 자전거를 타던 아이가 브레이크를 잡지 못해 산책하던 할아버지와 부딪치고 만 거야. 아이에게 소식을 듣고 달려갔을 때 이미 할아버지는 자취를 감춘 후였어. 아이가 다친 곳이 없는 걸 확인하고는 아이 손을 잡고 전속력으로 내달렸어.

행여 다쳤을지도 모를 할아버지를 찾아서 말이야.

달리다 보니 어느 순간 목에서 피 맛이 느껴지더라. 나는 100미터 달리기를 하듯 뛰고, 아이는 내 손에 대롱대롱 매달려 있었어. 드디어 절뚝거리며 걷고 있는 한 할아버지의 뒷모습이 보였고, 나는 할아버지를 붙잡았어. 먼저 할아버지의 다리부터 살폈어. 그리고 아이와 함께 고개 숙여 거듭 사과를 드렸지. 병원 치료나 보상을 말씀드렸지만, 할아버지는 극구 사양하셨어. 생각한 만큼 심각한 부상이 아니라며 말이야.

그렇게 사건이 일단락되고 할아버지가 떠나시는 것을 보고 나서, 나는 아이에게 우리가 할아버지를 찾아 나섰던 이유, 할아버지가 마다하셔도 이야기를 나눠야 하는 이유를 설명했어. 아이에게 꼭 행동으로 알려 주고 싶었어. 백 마디 말보다, 전력 질주를 하며 느꼈을 피 맛으로 알려 주고 싶었어. 그리고 아이에게 말해 주었지.

"실수를 해서 숨고 싶고, 피하고 싶은 순간이 찾아올 때면 잊지 말고 기억하자. 목구멍에서 느껴지는 피 맛을 꿀꺽 삼키고, 앞으로 나아가는 거야. 그러면 다 수습하고 해결할 수 있어."

살다 보면 누구나 넘어져. 반대로 내가 누군가를 넘어
뜨릴 수도 있고 말이야. 이런 상황이 닥쳤을 때 중요한 건
큰 실수냐, 작은 실수냐가 아니야. 실수하고 난 후의 태
도가 중요하지. 경찰을 하면서 수많은 사람의 실수나 잘
못을 지켜봤어. 실수한 본인은 물론 부모님과 다른 가족
들이 그것에 대해 어떻게 생각하고 수습하는지도 무수히
목격했지. 비겁하게 발뺌하는 사람, 자기에게 유리한 상
황만 골라서 말하는 사람, 뻔한 거짓말로 속이려는 사람,
잘못을 인정하지만 사과는 못 하겠다는 사람, 자신도 잘
못했지만 상대방이 더 잘못했다고 우기는 사람, 돈으로
보상하면 되는 것 아니냐는 사람 등등 여러 부류가 있었
어. 그들을 보며 자신의 실수를 인정하고 용서를 구한다
는 건 말처럼 쉽지 않은 일이라는 걸 알았어.
　명명백백하게 잘못을 가릴 수 없는 상황에서는 당연히
그럴 수 있어. 하지만 가해자와 피해자가 명확한데도 사
과는커녕 미안한 마음조차 품지 않는 사람들이 생각보다

많아. 법의 영역으로 끌어들일 수 없는 '양심'만큼은 누군
가 강요한다고 생기는 것이 아니니까 말이야.

  한 이야기를 들려줄게. 어느 날, 철수는 하굣길에 영희
에게 장난을 쳤어. 영희 손에 들려 있던 휴대폰을 낚아채
서 내달린 거야. 얼굴이 새하얗게 변한 영희가 쫓아 오자
철수는 순순히 휴대폰을 돌려주기 싫어서 배수로에 빠뜨
리는 시늉을 했어. 영희는 말했어.
  "자신 있으면 빠뜨려 봐. 빠뜨리지도 못할 거면서, 바
보."
  그 말을 들은 철수는 순간 오기가 발동했어. 그래서 "내
가 못 할 줄 알고?" 하면서 배수로에 영희의 휴대폰을 진
짜로 빠뜨려 버렸어. 눈앞에서 휴대폰이 사라지고 나서
야 철수는 정신이 번뜩 들었지. 이제는 더는 장난이 될 수
없었어. 영희는 울면서 집으로 달려갔고, 철수는 자신이
저지른 일이 무섭고 두려웠어. 상황은 걷잡을 수 없이 커
졌고, 아이들의 부모님이 개입하지 않을 수 없게 되었지.
  부모님들은 불편한 얼굴을 맞대고 합의를 시작했어.

철수의 부모님은 피해 휴대폰이 2G폰이어서 30만 원 정도의 보상가를 제시했는데, 영희의 부모님은 100만 원이 넘는 신형 스마트폰 가격으로 보상해 달라고 했어. 철수가 실수가 아니라 고의로 빠뜨린 거니까 그 정도는 보상을 받아야 한다는 논리였어. 오히려 다른 책임은 묻지 않고 깔끔하게 신형 스마트폰으로 끝내겠다는데 뭐가 문제냐고 했지. 안타깝게도 철수가 먼저 사과할 기회는 주어지지 않았고, 어른들의 욕심이 더해진 돈 이야기만 부지런히 오갔어.

이때 철수의 부모님이 철수가 영희에게 먼저 사과하도록 도왔다면, 영희의 부모님이 철수와 영희가 대화를 나눌 수 있도록 도왔다면 어땠을까? 우리는 잘못이나 실수를 저질렀을 때 제대로 수습하고 대처하는 태도를 배워야 할 필요가 있어. 실제 경찰서를 오가는 청소년들은 물론, 어른들도 크게 다르지 않아. 처음 잘못을 저질렀을 때 제대로 바로잡았더라면 그다음이 있었을까? 적어도 스스로 바로잡으려고 노력하면, 생각보다 사건은 더 커지지 않고 마무리되기도 하는데 말이야.

위기 앞에서 자신을 지키려는 본능은 충분히 이해해. 하지만 나의 실수나 과오 앞에서 두려워도 등 돌리지 않았으면 좋겠어. 비겁하게 도망쳐 봐야 결국 낭떠러지를 만날 뿐이야. 거짓말은 더 큰 거짓말을 낳고, 변명은 더 큰 변명이 필요하거든. 설령 한 번은 운 좋게 넘어갔다고 하더라도 내가 실수를 덮기 위해 대처한 방식은 여전히 남아 계속 나를 괴롭힐지도 몰라.

이번에는 철수와는 다르게 자기 잘못을 마주한 사람의 이야기야. 어느 뜨거운 여름날이었어. 조사 준비를 마쳤을 때쯤 보험 사기 피의자가 사무실로 들어왔어. 먼저 이름, 나이 등을 묻는 인정 신문(피의자가 수사 기관에 출석해서 조사를 받는 당사자와 동일 인물이 맞는지 확인하는 절차)을 하는데, 피의자가 명함 한 장을 조심히 내밀었어. 종이 너머로 상대의 얼굴이 다 보일 만큼 투명하고 은은한 빛을 가진 명함이었지.

"저, 정말 처음입니다."

본격적인 조사 전, 그 사람이 뱉은 첫 마디였어. 그 후로는 자신의 잘못을 짧고 담백하게 자백했어. 법에 저촉되는 줄은 알았지만, 실적을 위해 남들이 하는 방식을 따라 했다고 말이야. 그 행위 자체가 잘못이었다고 인정하는 그의 자백 덕분에 조사는 수월하게 진행되었어. 으레 피의자들이 하는 변명과 거짓말에 대응하기 위해 준비했던 나의 무기들은 써 보지도 못했지.

"점심은 드셨어요?"

"아직 못 먹었습니다. 경찰서에 온다는 생각에 밥이 안 넘어가서, 끝나고 먹으려고요. 아, 생각보다 빨리 끝났는데도 목이 타네요. 고생하셨습니다."

목이 탄다는 그의 말에, 나는 그를 경찰서 옆 작은 카페로 이끌었어. 시원한 커피 한 잔을 사이에 두고 잠시 대화를 나눴어.

"하던 일은 그만두고 새로운 직업을 찾았어요. 다시는 경찰서 오는 일 없도록 해야죠."

그는 참 반듯했어. 경찰서에 오는 사람이라면 누구나 준비할 법한 그 흔한 변명 하나도 챙겨 오지 않았어. 대신 자신이 범한 과오를 수습하려는 간절함, 앞으로 어떻게 살아갈지에 대한 절박함을 챙겨 왔어. 그에게서는 잘못을 만회할 기회를 놓치지 않겠다는 각오가 뜨겁게 느껴졌어.

문득, 내 앞에 있는 그가 멋지다는 생각이 들었어. 비록 피의자와 조사관으로 만났지만 말이야. 조서 안에는 담을 수 없었던 한 사람의 진심 어린 반성이 마음에 와닿았어. 그 사람은 예상치 못한 사고와 예상 가능한 유혹에 넘어갔던 자신이 저지른 일 앞에서 본인의 삶을 정면으로 응시했어. 무섭고 두려운 그 순간에도 피하지 않고 자신 그대로를 마주한 거야.

진짜 용기란 두렵지 않은 것이 아니라 두려워도 계속 나아가는 것이라고 해. 그러니 잘못하고 무너진 모습을 마주하기 무서워도 이것까지 진짜 '나'의 일부라는 것을 받아들인다면, 넘어져도 충분히 일어날 수 있어.

요즘은 청소년들의 마약, 인터넷 도박 등 청소년 범죄가 날로 증가하는 추세야. "호기심으로 시작했다" "딱 한 번만 하려고 했다"라는 흔하면서도 설득력 있는 이 변명은 시작을 매우 쉽게 만들어. 청소년들에게 학업 스트레스, 교우 관계에서 오는 상처, 성장통 등 여러 어려움이 있다는 것을 잘 알아. 하지만 그것을 회피하기 위해 하면 안 되는 일로 눈을 돌려선 안 돼. 도망쳐서 도착한 곳에 천국은 없다고 하잖아. 호기심으로 경험해도 되는 것이 있고, 절대 경험하지 말아야 할 것이 있으니 스스로 이 경계를 잘 알고 있었으면 좋겠어.

청소년들이 범죄를 저지르고도 반성은커녕 "촉법소년이라 형사 처벌을 받지 않는다"라며 적반하장으로 나와 대중의 공분을 사는 일도 있었어. 촉법소년이란 형벌 법령에 저촉되는 행위를 한 만 10세 이상에서 만 14세 미만의 형사 미성년자로, 범죄를 저질렀을 때 형사 처분 대신 소년법에 의한 보호 처분을 받는 아이들을 말해. 아무리 청소년들에게 법이 관대하더라도, 스스로 만회할 기회를 저버리는 사람에게 과연 다음이 있을까? 운이 좋아서 피했다고, 다행이라고 기뻐할 수는 없어.

만회(挽回)라는 단어의 의미는 '바로잡아 회복함'이야.

의도했든 의도하지 않았든 가끔 내가 생각한 경로에서 벗어날 수도 있어. 그것 때문에 주저앉을 수도 있지. 하지만 모든 삶의 경로는 바로잡을 수도, 회복할 수도 있어. 물론 있었던 일을 없었던 일로 만들 수는 없어. 하지만 내가 도망치지 않고 잘못을 마주하며 내딛는 한 걸음이 지난 과오를 바로잡을 수 있을 만큼 정직하다면, 그것만으로도 충분히 의미가 있지.

스스로 만회할 기회를 저버리지 않는다면 흔들려도 괜찮아. 그것만 잊지 마. 나만이 내 삶의 길을 만들어 갈 수 있으니까, 만약 내가 길을 잘못 내고 있다면 그것은 내가 바로잡아야 할 거야. 아니, 바로잡을 수 있어!

나답게 살기 위한 첫걸음, 기준!

너희가 시험공부를 할 때 가장 중요하게 생각하는 것은 무엇이니? 나는 공부할 때 세운 나만의 기준이 있어. 바로 '연습은 실전처럼, 실전은 연습처럼!'이야.

경찰 승진 시험을 준비할 때의 이야기야. 승진 시험을 볼 때, 주관식 시험은 A4용지 10쪽을 80분 만에 채워야 해. 방대한 분량을 암기하는 것도 어렵지만, 매년 시험 패턴이 바뀌니까 제대로 준비하는 것도 쉽지 않지. 그래서 수험생들은 보통 모의고사를 응시하면서 공부하는 편이야.

그런데 내 주위를 보니 모의고사 문제를 구하기만 하고, 막상 풀지 않는 사람들이 의외로 많더라. 아직 모의고사를 칠 만큼 실력이 안 된다고 하거나, 시간 내에 해내지 못하면 괜히 자신감만 떨어지니까 실전에서 승부를 보겠다고 생각하는 사람도 있더라고.

나는 생각이 달랐어. 실력이 턱없이 부족해도 매번 실전처럼 모의고사를 풀기 위해 노력했어. 연습할 때도 이만큼 떨리고 무서운데, 실전에서는 얼마나 더 떨릴까 생각하니 정신이 번쩍 들었어.

내가 연습한 방법을 알려 줄게. 매주 수요일 저녁 6시가 되면 새로운 모의고사 문제가 올라와. 그러면 남편이 시험지를 인쇄해서 누런 봉투에 문제지를 담아 줘. 나는 그 봉투를 가슴에 안고 독서실로 달려가서 타이머를 80분으로 맞추고 시험을 치러. 웬만하면 실제 시험 시간과 똑같이 맞춰서 최대한 정해진 시간에 익숙해지려고 노력했어.

일주일마다 돌아오는 모의고사를 치르려면, 그전까지 못 외운 건 사활을 걸고 외우게 돼. 그렇게 모르는 걸 하나씩 채워 가면서 점점 실력이 쌓였어. 한번은 준비하지 못한 부분에서 문제가 나와서 미처 풀지 못하고 답안지를 보고 베껴 쓴 적이 있어. 그 후로 나는 더 전투적으로 공부에 임하게 되었어. 만약 실전이었다면 분명 불합격이었을 테니까 말이야.

그렇게 나와의 약속을 매일 지켜 나가며 하루하루 충실히 공부를 이어 갔고, 나는 결국 나를 이겼어. 단번에 시험에 합격한 거야. 이걸 통해 인생도, 공부도 타인과의 경쟁이 아니라 내 안의 나와 겨루는 것임을 다시 제대로 알게 되었어.

살면서 자기만의 기준을 만들어 가는 건 정말 필요해. 이 시험을 준비하면서 좋은 게 좋다는 식으로 유연하게 타협의 여지를 남겨 두는 것도 좋지만, 그것에는 한계가 있다는 걸 알았어. 위기 상황이나 돌발 변수가 발생했을 때 제대로 대처하기 위해서는 조금 더 단단한 기준이 필요하더라. 경찰이 하는 일은 대부분 예고된 일보다 예측하지 못한 돌발 변수에 대처하는 일이야. 일을 잘하기 위해 나만의 기준을 만들다 보니, 삶도 마찬가지로 나만의 기준이 있어야 한다는 것을 깨닫게 된 거지.

자신이 스스로 세우고 지키는 기준이나 원칙이 있는지 한번 생각해 봐. 나 자신에 대한 기준도 좋고, 게임 시간과 같은 생활 습관이나 공부법에 관한 기준도 좋아. 친구들과의 관계에 관한 기준도 좋고 말이야. 삶이 나를 흔들때 적당히 선을 그을 수 있도록 어느 정도 기준을 마련해 보는 거야. 하나씩, 구체적으로 기준을 정해 놓으면 답답할 것만 같지? 그렇지 않아. 적어도 그 안에서는 빠르게 판단하고 자유롭고 편안하게 생각할 수 있거든.

내가 경찰 일을 하면서 가장 중요하게 생각하는 기준은 두 가지야. 바로 매 순간 메모하기와 10분 기다리기! 요즘은 경찰 동료들에게 사건에 관한 보고를 많이 받아. 동료들이 "큰일 났습니다"라며 가져오는 소식은 언제나 사람의 마음을 흔들리게 만들어. 이때 나를 찾아오는 경찰들은 다양한 민원만큼이나 다른 능력과 보고 방식을 가지고 있어.

그들의 보고를 듣고 상황의 심각성에 따라 그 순간 최선의 대안을 찾으려고 하지만, 시간이 지나고 보면 아쉬움이 남을 때도 있었어. 그래서 누가 어떤 보고를 어떤 식으로 하더라도 일단 메모지부터 펼치는 연습을 했어. 상대에게서 쏟아지는 이야기를 있는 그대로 받아 적고, 적다가 의문이 생기면 즉시 물어보면서 말이야. 보고가 끝날 무렵이면 메모를 토대로 내 생각과 판단을 일차적으로 말해 주었어. 즉시 조치가 필요한 부분은 신속히 해결하도록 하고, 추가 검토가 필요한 부분은 시간을 두고 상황을 지켜보는 것으로 정리했지.

이런 기준을 세운 뒤에는 직원들이 감정이 격해진 채 보고를 하든, 쉽게 판단하기 어려운 문제를 가지고 오든, 내 감정은 덜어 내고 내용을 찬찬히 들여다볼 수 있게 되었어. 그래서 내 책상 위 가장 잘 보이는 곳에는 항상 메모장이 있어. 언제 누가 오더라도 그 메모장 앞에서 대화를 이어갈 수 있도록 말이야. 작은 메모장은 어떤 위기 상황 속에서도 내가 감정적으로 즉각 반응하지 않고, 상황을 뜯어보고 무엇이 옳은 길인지 혹은 옳지 않은 길인지 판단하는 데 큰 도움이 되고 있지.

그리고 나는 메모지에 '10분'이라는 단어를 크게 적어 모니터에 붙여 놓았어. 무슨 일이든 10분이라는 시간을 두고, 적어도 이 시간만큼은 느긋하게 생각해 보기 위해서 말이야. 10분이라는 시간은 무척 짧게 느껴지지만, 그 10분이 나를 보다 합리적인 결정과 판단으로 이끌 것이라 생각했어.

한번은 보험 사기 수사에 몰두할 때였어. 교통사고로 위장해서 보험금을 받으려는 고의범이 품은 나쁜 마음과 그것을 객관적인 증거로 증명하고야 말겠다는 우리의 의지가 팽팽히 맞선, 소리 없는 전쟁이었지.

어느 날, 보행자가 보험 사기범으로 의심된다는 신고를 받았어. 차량 블랙박스를 보니 증거가 명확했어. 어느 한 주택가 골목길에서 승용차가 비상등을 켜고 천천히 후진해. 마침 눈이 내려서 거북이처럼 아주 조금씩 움직여. 그때 차량 옆을 지나가던 청년이 이를 보고 차량 트렁크를 향해 몸을 내던지는 거 있지. 할리우드 액션이 따로 없을 만큼 부자연스러웠어. 차에 치이는 것이 아니라, 차를 몸으로 덮친다는 표현이 더 정확했지. 나는 그 청년이

100퍼센트 범인일 것이라고 생각했어.

담당 조사관은 블랙박스를 검토하고 여느 때처럼 현장 조사를 나가 주변의 방범용 CCTV를 열람했지. 마침 사건 현장은 사거리여서 CCTV가 잘 구축되어 있었고, 사건 현장을 여러 각도로 볼 수 있었어. 그런데 여기서 대반전이 벌어졌어. CCTV 내용은 우리가 확신했던 내용과 전혀 달랐어. CCTV를 본 모두는 할 말을 잃었어.

거북이처럼 천천히 후진한다고 생각했던 차량은 생각보다 속도가 빨랐어. 가속 페달을 밟은 것처럼 순간 속도감 있게 후진했고, 보행자는 피할 겨를도 없이 그대로 차량 트렁크에 부딪힌 거였어. 그 후 차에 밀려서 바닥에 주저앉았지. 그야말로 전형적인 교통사고였던 거야.

맙소사, 이게 가능한 일인가? 우리가 보고 판단하며 믿었던 진실은 어디로 증발한 거지? 청년의 행동이 할리우드 액션이라고 확신했던 생각은 순식간에 사라졌어. 도대체 무엇이 우리 눈을 속였던 걸까? 믿고 싶은 대로 보려고 했던 내 마음이 일으킨 착시 현상인가?

그 사건을 통해 경찰로서, 한 사람으로서, 깊이 깨달았어. 내 눈으로 직접 봐도 그게 전부가 아닐 수도 있다는 걸 말이야. 우리 눈은 앞을 정확하게 볼 수 없다고 해. 뇌를 통과해야만 제대로 앞을 볼 수 있다는 거야. 즉, 눈도 속을 수 있는 거야. 이때 같은 사건이나 현상도, 내가 보는 방향에 따라 전혀 다른 해석이 가능하다는 교훈을 얻었어.

그때부터 나는 내 생각에 가끔씩 브레이크를 걸어 보기 시작했어. 10분이면 충분해. 이 시간 동안 어떤 일이든 한 방향이 아닌, 다양한 방향으로 생각해 보는 거야. 마치 사거리의 온 방향에 놓여 있는 CCTV들이 길을 여러 각도로 찍는 것처럼 말이야.

이 마음을 메모로 적어 둔 것은 내가 세운 기준을 '시각화'하기 위해서야. 물론 강한 의지도 좋고 몸에 익힌 습관도 좋아. 하지만 상황과 환경에 따라 이런 의지나 습관은 무너질수도 있어. 특히 예고 없이 기습 공격을 받았을 때는 속수무책일 때가 많더라고. 그때 적어 둔 메모를 보면, 무의식적으로 침착하자고 생각하게 돼. 내 삶의 방향키는 내가 잡아야 하잖아. 그 방향키를 마음에 꽁꽁 숨기지 않고 눈에 보이도록 해 두면 더욱 효과가 좋아.

내가 스스로 만든 기준은 작은 것도 큰 힘이 돼. 기준이 있는 나와 기준이 없는 나는 하늘과 땅 차이만큼 다르거든. 경찰 훈련 중 물리력 훈련을 받을 때 칼 든 사람을 제압하는 방법을 배운 적이 있어. 이때 중요한 건 세 가지야. 안전을 확보할 수 있는 거리 유지, 신속 정확하게 제압할 수 있는 대형 구축, "칼 버려!"와 같은 단호한 말투!

위기 상황에서 섬세하거나 복잡한 동작은 힘을 발휘할 수 없다고 해. 그래서 하나, 둘, 셋! 딱 세 가지 정도로 단순 명료한 대응 방법을 알고 있어야 해. '단순함이 이긴다'는 말이야.

그러니 내가 흔들릴 때 나를 단단하게 세워 줄 가장 단순한 기준부터 만들어 보자. 이렇게 기준을 세워 가면 남들이 좋다는 것에 흔들리지 않고 좀 더 나답게 살아갈 수 있을 거야. 내 안의 나를 믿고 스스로 균형을 잡아 가려는 노력, 그런 노력이 담긴 나만의 기준! 이 기준을 만들어 가는 너는 멋진 사람일 수밖에 없어.

나를 꿈으로 이끈
정직한 걸음

    내가 경찰이 되고 자주 들은 말이 있어. "경찰은 모래 알 조직이다" "자기가 살려고 남의 공을 낚아채는 사람들이 있다" 등등. 힘이 빠지는 말들이었어. 누군가를 돕고, 구하며 조금이나마 세상을 바로잡기 위해 경찰이 된 사람들이잖아. 그러니 다 같이 뭉쳐야 사는데 뿔뿔이 흩어지기를 권하고, 오히려 남의 것을 뺏으며 정의롭기를 포기하라고 악마의 속삭임을 건네는 것 같았어. 처음 경찰이 되었을 때는 그런 말을 들을 때마다 늘 마음이 아팠고, 그 반대 방향으로 뚜벅뚜벅 걸어가서 그 말들은 전부 사실이 아니라고 증명해 보이고 싶었어.

처음에는 사소한 것부터 실천했어. 예를 들어 누가 맛있는 간식을 나눠 줬는데 누가 준 건지 출처가 분명하지 않을 때가 있어. 보통은 내 자리에 두고 간 거니까 편히 먹지. 그렇지만 나는 먹기 전에 항상 누가 간식을 주었는지 찾아서 그분께 감사 인사를 드렸어. 그리고 내가 누군가의 선의를 대신 나눠 줄 때도 그분의 마음이 다른 사람들에게도 닿을 수 있도록 출처를 명확히 밝혔어. 작은 선행을 나누는 따뜻한 마음들이 지켜져야 세상이 온기를 잃지 않는 법이잖아. 그런 마음들이 흐지부지 사라지지 않도록 지키는 것도 경찰인 나의 의무라고 생각했어.

정말 사소해서 별거 아닌 것 같지만, 사실 여러 번 흔들렸어. 좋은 일은 내가 베푸는 것처럼 슬쩍 포장하고 싶고, 마치 내 공인 것처럼 조용히 넘어가고 싶은 순간들도 있었어. 나만 말하지 않으면 아무도 모르고 넘어가니까 내가 칭찬을 받고 좋은 사람으로 인정받는 것은 생각보다 어렵지 않거든.

내가 출처를 밝히는 연습은 여기서 그치지 않았어. 실수하거나, 잘못했을 때도 한결같아야 한다고 생각해서,

엎어진 물처럼 벌어진 문제 앞에서도 피하지 않고 내 잘못을 인정하는 법을 연습했어. 남의 선의를 탐내지 않는 마음만큼이나 나의 잘못을 숨기지 않는 용기도 필요하더라고. 누가 시킨 것도 아니지만, 정직한 마음을 갈고 닦는 일에 게으름을 피우고 싶지 않았어. 나는 경찰이니까!

제복에 갇힌다는 말이 있어. 제복의 힘은 생각보다 강해서 우리의 몸과 마음을 그 안으로 끌어들이는 힘이 있다는 거야. 그건 마치 중력처럼 거부할 수 없는 힘이야. 경찰 제복을 입고 그저 밥벌이를 위해 편안하게 근무하는 사람도 물론 있지. 하지만 그렇게 말하고 다니는 경찰조차 자신에게 주어진 일 앞에서는 언제 그랬냐는 듯 경찰의 본분을 다해. 제복을 입으나 벗으나 암암리에 경찰은 경찰답기를 요구받기에, 제복이라는 틀에 스스로를 가둬서 본분을 묵묵히 지키기 위해 노력하는 거지.

어느덧 시간은 흘러, 경찰로서의 경력과 경험이 풍부하게 쌓여 갔어. 하지만 어딜 가든 힘든 일은 있었어. 나무가 자라면서 그림자도 커지듯, 내가 성장해서 더 높은 자리로 갈수록 그 자리에 맞는 어려운 일들이 새롭게 생겨나더라고. 경정이 되었을 때 또 한 번의 고비가 나를 찾아왔어.

경찰 조직에서는 연말이 되면 심사 위원회를 개최해서 특진이나 심사 승진 대상자를 정해. 어느 해에는 내가 위원장을 맡았어. 내가 속한 부서에는 승진 대상자가 없으니 공정하게 판단할 거라는 생각에 내게 맡겼나 봐.

나는 여러 위원과 함께 신중하게 승진 대상자를 검토했어. 검토할 때는 '공적 조서'라는 문서를 봐. 공적 조서는 그간 그 사람이 추진한 업무와 성과를 기록한 자료인데, 심사 위원들 모두가 한 사람 한 사람의 공적을 꼼꼼하게 분석했어. 누군가의 인생이 달린 문제이기도 하고, 묵묵하게 열심히 근무하는 사람은 꼭 알아봐 주고 인정해 줘야 하잖아.

물론 부서마다 승진시켜야 할 사람은 많아. 하지만 아무리 모두가 고생했더라도 한 부서에만 승진을 몰아서 시켜 줄 수는 없어. 공적을 바탕으로 그 사람의 계급, 부서, 성별 등 여러 기준을 종합적으로 고려하기에 심사는 생각보다 길어졌어. 여러 의견을 충분히 듣고, 토론도 열심히 주고받았어. 결국 마지막까지 심사 대상에 오른 후보들은 심사 위원들의 동의하에 다수결로 정했지.

그렇게 심사를 마무리하려는데, 한 분이 투표 결과를 인정할 수 없다며 목소리를 내셨어. 위원장인 내 곁에 서서 위원들이 함께 내린 결정을 번복하길 요구하지 뭐야. 나는 적잖이 당황했어. 자신의 의견을 조심스럽게 내비치는 것도 아니어서 오랜 시간 우리가 함께 고민했던 과정을 송두리째 부인하는 것 같았어. 위원들 모두가 숨죽이고 나만 바라보셨어. 아주 찰나였지만, 결정을 내려 달라는 눈빛이었지. 그 눈빛을 보는 순간 나는 굳게 다짐했어. '지금 나라는 사람은 한 사람의 경찰이 아니라 위원장이라는 중차대한 직책을 맡고 이 자리에 있는 것이다!'라고 말이야.

"위원님, 자리로 돌아가 주세요. 이 결과는 제 개인적인 의견이 아니라, 위원들의 의견을 모아서 최종으로 결정한 사안입니다. 절차상 하자도 없고 공정성을 해칠 소지도 없으니 이 결과를 번복할 이유는 더더욱 없습니다. 위원들이 모은 중지(여러 사람의 생각이나 의지)는 곧 인사권자의 뜻과도 같으니까요."

당차게 말했지만, 심장이 거세게 뛰는 것이 느껴졌어. 무섭기도 했지만, 나는 정직하고 떳떳하고자 하는 내 신념을 포기하지 않았어.

그렇게 내 힘으로 다져 온 지난 시간은 나를 조금씩 성장시켰어. 내면에서 가끔 부정적인 생각이 자라나더라도 스스로 떨쳐 내고 당당히 내 길을 걸어갈 수 있게 단단해졌어. 내가 좌충우돌 여러 일을 겪으며 조금씩 강해진 것도 있겠지만, 경찰이라는 직업이 가장 중요하게 여겨야 하는 정직이라는 가치관이 주는 힘이 가장 컸을 거야.

지금도 여전히 예상치 못한 곳에서 예상치 못한 일들을 마주해. 내가 아무리 공정하고 합리적으로 일을 처리하려고 해도, 모두가 만족하는 결과를 내기는 어려워. 아니, 현실적으로 불가능해. 하지만 그럼에도 나는 언제나 최선을 다하고 있어. 제복을 벗는 그날까지 앞으로도 공정한 잣대로, 부끄럽지 않게 일하려고 노력할 거야.

순경이라는 가장 낮은 단계, 거기서부터 한 계단 한 계단 오르는 일은 보람찼지만, 힘든 순간도 있었어. 그래도 내가 마주한 환경과 주어진 역할에 항상 충실하자는 태도로 지금까지 수많은 경험을 쌓게 되었어. 어느덧 경찰이 된 지 20년이 되어 가는 지금까지, 더없이 큰 경험과 귀한 인연 들을 얻었어. 이 길을 걷지 않았다면 어쩔 뻔했나 싶을 만큼 내게 주어진 환경과 사람에게 고마운 순간들과 함께 말이야.

여전히 내 신념을 지키려 굳게 애를 쓰지만, 듬성듬성 허술할 때도 있어. 그런데 말야, 우리는 어쩌면 우리가 가진 수많은 틈을 조금씩 메우기 위해 더 노력하며 열심히 살아가는 것일지도 몰라. 그러니 정직하게 내딛는 걸음들은 분명 어떤 위기 속에서도 아름다운 나로 우뚝 설 수 있도록 나를 지켜 줄 거야.

4장

미래의 발자국을 쫓자

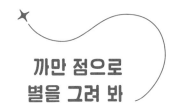

까만 점으로
별을 그려 봐

나는 순경부터 경감이 될 때까지 쉼 없이 달려왔어. 그러다 112 신고를 접수하고 전체 상황을 관리하는 상황 팀장으로 발령이 나면서 4교대 근무를 하게 되어 처음으로 여유를 가지게 되었어. 손재주라곤 없는 내가 홈패션에 도전하고 캘리그라피를 배우고, 수영도 시작해 보았지. 이것저것 배우다 보니 주변 사람들이 '초급 전문가'라는 별명도 붙여 주었어. 비록 야간 근무는 힘들었지만, 평일에 당번을 서지 않는 휴무가 있어서 그동안 하지 못했던 취미나 운동 등을 시도하며 어느 때보다 주체적으로 즐겁게 살았어.

또 다른 새로운 일은 없을까? 고민하던 중에 예전에 함께 근무했던 동료가 책을 써 보라고 했던 말이 문득 떠올랐어. 그분이 내게 책 쓰기를 권유한 이유는 모르겠지만, 그 말을 듣고 나서 기회가 되면 꼭 도전해 보고 싶다는 마음을 품고 있었거든. 하지만 잘 알지도 못하면서 마음만으로 책을 쓸 수는 없으니까, 책 쓰는 법을 알려 주는 곳이 없는지 인터넷에 검색했어. 그러다 집 가까운 곳에서 열리는 책 쓰기 강좌를 찾았고, 묻지도 따지지도 않고 일단 신청했지.

책 쓰는 일은 지금까지 경찰로 살아온 내 삶에서 전혀 해 본 적 없는 색다른 도전이었어. 그래서 내가 왜 책을 쓰려고 하는지, 내가 쓴 책이 세상에 나왔을 때 나는 무엇을 얻을 수 있을지 생각해 봤어. 호기심으로만 시작하기에는 너무나 어려운 도전이니까 말이야.

나와 같이 책 쓰기 강좌를 듣는 사람들은 책을 통해 자신만의 이미지를 확고하게 만들고 싶은 분들이 대부분이었어. '퍼스널 브랜딩'이라는 것을 하고 싶다는 것이었지. 그들의 이야기를 들어 보니 책을 통해 '나'라는 사람이 어떤 사람인지 세상에 알리고 싶은 사람이 많더라. 나와는 책을 쓰는 목적이 조금 다르다고 느꼈어. 그래도 그 이야기를 들은 덕분에 나는 내가 왜 책을 쓰고 싶은지 차분히 들여다보고, 나만의 방식으로 내 이야기를 정리해야겠다는 생각이 들었어.

본격적으로 강의가 시작되고 제목과 목차를 정하는 법, 한 권의 분량과 장마다 내용을 구성하는 법 등을 배웠어. 그렇지만 책 안에 담길 모든 이야기는 내가 오롯이 채워 나가야만 했어. 그래서 선생님께 여쭤보았지.

"선생님, 제 안에 책 한 권을 다 채울 만한 이야기가 있을까요?"

고민하던 내게 선생님은 가장 자신 있는 분야, 즉 직업에 관한 이야기를 쓰라고 추천해 주셨어. 그렇다면 경찰에 관한 책을 쓰면 되는 건가? 경찰로 살아온 내 이야기? 그렇게 나의 첫 책 쓰기가 시작되었어.

책을 쓰기 위해 추억 상자를 열었어. 일기장, 메모 등 여기저기 끄적였던 모든 기록 안에 내 삶이 적혀 있었어.

그저 모아 두기만 했던 그것들을 처음으로 애정을 담아 하나씩 보듬기 시작했어. 지금까지 살아온 시간을 헤집으면서 그 안에서 나만이 할 수 있는 이야기를 추리고 정리했지.

아이들을 재운 늦은 밤, 야간 근무 후 몰려오는 졸음을 참으며 조금씩 내 삶을 적기 시작했어. 일과 육아만 해도 하루가 쏜살같이 흘러가는데, 책까지 쓴다는 것은 체력적으로 버거운 일이었어. 하지만 그 고된 과정에서도 남모를 보람을 느꼈어.

꺾이고 억눌릴 만한 상황에서도 당당하게 위기를 헤쳐 나갔던 일은 지금 생각해도 스스로가 대견하게 느껴졌어. 힘들어도 꾹꾹 참았던 일은 여전히 나를 아프게 만들기도 했어. 이 시간을 통해 나 자신을 더 이해하고, 보듬게 되었던 것 같아.

책 한 권을 채우기 위해 매일 열심히 적던 어느 날, 목표한 만큼 완주하고 뒤를 돌아보니 내가 쓴 건 책이 아니라 '나'라는 사람이었어. 한 권의 책을 쓰는 일은 나의 생각, 나의 신념, 나의 노력, 나의 도전, 나의 애환까지 들여다보며 오롯이 나를 향해 깊고 먼 여행을 다녀오는 일이었던 거야.

책 쓰기는 내 삶을 정리하는 소중한 기회가 되었어. 처음에는 경찰이라는 꿈과 전혀 무관한 꿈이라고 생각했는데, 내가 경찰이 아니었다면 책을 쓰겠다는 생각조차 결코 할 수 없었을 거야.

첫 책을 내고 난 후에는 이런 소망을 품었어. 평범한 나의 삶이 누군가에게 다시 일어설 수 있는 용기와 위로가될 수 있다면 좋겠다는 소망을 말이야.

첫 책을 내고 나서 특별할 것 없던 내 삶에도 크고 작은 변화가 일어났어. 경찰로만 살았다면 절대 경험하지 못할 다양한 일들이 나를 찾아온 거야.

먼저 청소년들을 만날 기회가 주어졌어. 한 지방에서 중학생 대상으로 특강 요청을 해 주셨는데, 누군가에게 꿈을 전하고 희망을 불러일으킬 수 있는 기회가 생겼다는 것이 신기했어. 책 덕분에 생긴 기회였지. 물론 처음으로 강의 프레젠테이션을 준비하고 지방까지 한걸음에 달려가는 일이 마냥 쉽지는 않았지만, 새로운 도전이 또 다른 선물을 줄 것이라 생각하니 에너지가 샘솟았어.

그 후로도 몇 번 더 강의를 다녀왔는데, 본업을 소홀히 할 수 없어서 계속 이어지지는 못했어. 그래도 특강을 할 기회가 오면 휴가를 내고 혼자 여행을 다녀온다는 생각으로 이곳저곳을 다녔어. 그렇게 청소년들을 만나고 돌아오는 길에는 항상 맛집 탐방과 문학 기행까지 일정에 넣었어. 원주에 갔을 때는 박경리 문학관을, 춘천에 갔을 때는 책과 인쇄 박물관에 들렀지.

누군가에게 꿈을 전하고 나누는 일은 결국 나의 꿈을 키우는 데도 영향을 미쳤고, 청소년들이 보여 준 희망찬 눈빛은 내가 더 멋지게 살아갈 수 있도록 만드는 힘이 되었어.

어느 날, 사무실로 민원 전화 한 통이 걸려 왔어. 민원인은 또박또박 내 이름 석 자를 부르시면서 자신을 60대 독자라고 소개하셨어. 내 책을 읽고 전화를 주셨다며 이렇게 말씀하셨지.

"작가는 모르지만, 독자들은 책을 통해 작가에 대해 모든 것을 느끼고 알 수 있어요. 경찰 조직에 당신 같은 사람이 있어서 얼마나 희망적인지 모릅니다."

그 말을 듣는 순간, 독자가 내 삶을 읽어 주었다는 것이 또렷이 기억에 남아 그 후로도 나를 진하게 응원해 주었어. 첫 통화로부터 5년이 넘은 지금까지도 그분과는 한 번씩 안부를 나누고 있어.

신기한 경험은 여기서 그치지 않았어. 서울 도심에 중요한 행사가 있어서 근무를 나간 날이었어. 사복을 입고 무전기를 허리춤에 숨긴 채 주변을 감시하는 업무를 맡았어. 주변을 둘러보다 호수가 보이는 전망 좋은 곳에 있는 카페를 발견했는데, 야외 테라스에 앉은 여학생이 자못 심각한 표정으로 독서 중이었어. 독서를 하는 모습은 누구든 멋져 보이게 만들잖아. 그 학생이 무슨 책을 읽는지 궁금해서 옆을 슬쩍 스쳐 지나갔지. 그런데 학생의 손에 들린 파란 표지의 책은 바로 내 책이었어.

그날은 첫 책을 내고 몇 년이 훌쩍 지난 뒤였어. 신간도 아니고, 유명한 책도 아닌데 어떻게 내 책이 그 학생의 손에 들려 있었던 걸까? 너무 놀란 나머지 경찰의 본분을 잃고 학생에게 말을 걸 뻔했지 뭐야.

"저…… 제가 그 책을 쓴 작가인데, 사인해 드릴까요?"

보통은 독자가 작가를 알아보고 사인해 달라고 요청하기 마련인데, 작가가 독자에게 달려가 사인해 주겠다니. 뭐, 충분히 그럴 수도 있지 않을까? 그만큼 기분이 좋더라고.

근무 중이라 결국 말을 걸진 못했어. 대신 속으로 생각했어. '경찰을 준비하는 수험생인가? 그렇다면 내 조언이 조금 도움이 될 텐데. 만약 훗날 연락이 닿는다면 아낌없이 아는 것들을 내어 줘야지'라고 말이야.

이런 순간들은 내게 과분할 만큼 고마운 일이야. 평범한 사람이라면 쉽게 만날 수 없는 기회일 텐데, 책을 낸 덕분에 원한 적도, 욕심낸 적도 없지만 선물처럼 나를 찾아온 거야. 그 순간들을 마주할 때마다 매번 화들짝 놀라지만, 설레고 행복한 내 삶의 증거로 열심히 모으고 있어.

나는 대단한 사람이 아니야. 지극히 평범해서 내 삶을

책으로 엮을 자격이 있나, 지금도 의심하는 사람이지. 하지만 내가 책으로 보여 준 나의 깊숙한 내면과 진솔한 경험은 적어도 내 삶과 비슷하게 살아가는 사람들에게 작은 위안이나 위로가 될 수 있을 거라고 믿어. 그렇게 책을 통해 희미하게 연결된 사람들이 나에게 돌려주는 선물, 그 선물이 바로 이런 순간들이 아닐까.

나는 오늘도 까만 하늘에 까만 점으로 나만의 별을 그리고 있어. 까만 하늘에 까만 별이라니, 그래서 보이기나 하겠냐고? 맞아, 평소에는 볼 수도 느낄 수도 없어. 하늘을 볼 때마다 별이 있기는 한 건지 존재 자체를 의심하게 되기도 할 거야.

하지만 나는 믿어. 내 삶의 소중한 순간들은 드문드문 까만 점처럼 존재하지만, 그 별들이 모여 나만이 그릴 수 있는 아름다운 무늬를 만들어 가고 있다는 걸 말이야. 그리고 그 무늬는 나만의 별자리가 될 거야.

힘들게 보낸 하루의 끝에 기죽지 말고 고개를 들어 까만 하늘을 봐. 어제도, 오늘도 별이 눈에 띄지 않는 볼품없는 날들일 수 있어. 하지만 그 날들을 하나하나 연결하면, 어느 순간 아름다운 별자리가 되어 있을 거야. 그리고 시련과 아픔을 딛고 기어코 다시 일어서는 그날! 그 별자리는 반짝 하고 빛날 거야. 네모난 별, 세모난 별, 뒤죽박죽 별. 각자 다른 모양과 빛으로, 다 같이 하늘을 수놓겠지.

나는 화려한 별을 꿈꾸지 않아. 눈부시게 빛나는 별자리는 더더욱 원하지 않아. 경찰 일을 하면서, 내 삶을 충실하게 살면서 나를 일으켰던 힘으로 누군가도 일으킬 수 있다면 그걸로 충분해. 별자리는 자신의 계절이 오기를 기다린대. 그러니 우리도 우리의 계절을 기다리며 우리만의 별자리를 만들어 보자.

무장 해제 해도
괜찮은 세상

어린 시절 어린이집이나 유치원 또는 학교에서 유괴 예방 교육을 받아 봤을 거야. 내 딸이 알려 준 건데, 요즘은 이상한 사람이 접근하거나 위험에 처했을 때 아이가 있는 엄마에게 도움을 요청하라고 배운대. 세상 그 누구도 믿을 수 없지만, 아이가 있는 엄마라면 믿어도 괜찮다는 뜻이겠지?

그 이야기를 듣고 "그래, 난 2명의 아이가 있는 엄마고, 더군다나 경찰이야. 세상에서 가장 안전한 사람이자 위험에 처한 사람을 구할 의무가 있는 사람이지"라며 아이들 앞에서 어깨를 으쓱해 보였어.

하지만 씁쓸했어. 쉽게 사람을 믿지 못하는 세상, 의심과 경계로 자기 자신을 지켜야 하는 팍팍한 세상이 되어가고 있다는 것이 느껴졌거든. 묻지 마 칼부림 사건, 살인 예고 테러 등 듣기만 해도 무시무시한 사건들이 우후죽순처럼 일어나 모두를 불안에 떨게 하고 있지.

나는 지하철을 타고 출퇴근을 하는데, 세상이 워낙 흉흉하니까 지하철에서도 주변을 살피는 버릇이 생겼어. 호신용 막대기인 삼단봉까지는 아니지만, 언제나 가방에 삼단 우산을 소지하고 있다가 위험한 일이 생기면 방패로 써야겠다고 다짐해. 행여 내 옆 사람이 위험에 처하면 휘두를 각오를 하면서 말이야. 직업병일 수도 있지만, '출퇴근할 때는 사복 경찰이다'라는 마음으로 이어폰도 빼고 부지런히 주변을 살펴.
　물론 막상 칼 든 범인을 만나면 우산은 생각도 못 하고 손으로 제압할지도 몰라. 하지만 그런 상황이 닥쳤을 때 뒤로 물러서지 않고 시민들과 힘을 모아서 때려눕히겠다는 '용기'는 매일 충전 중이야. 경찰과 시민이 조금씩 이런 용기 있는 마음을 모은다면 흉흉한 분위기도 언젠가 물러가지 않을까 하는 희망을 품고 말이야.

얼마 전, 퇴근길에 지하철 임산부석에 앉은 젊은 남자를 보았어. 앉은 자세도 이상하고, 혼잣말을 계속 중얼거리는 게 영 심상치 않아서 곁눈질로 살폈어. 그는 휴대폰으로 뭔가를 검색 중이었는데, 검색어가 '병역 기피 자살' '병역 자살'과 같은 소름 돋는 내용이었어.

조용히 일어나 출입문 쪽으로 발걸음을 옮겼어. 삼단 우산을 손에 쥔 채, 한 걸음 떨어진 자리에서 그 남자의 일거수일투족을 지켜보았지. 다행히 목적지까지 별다른 일이 벌어지지는 않았지만, 퇴근길조차 긴장을 늦출 수 없다는 현실이 안타깝다 못해 무서웠어.

하물며 나는 경찰이잖아. 그런데도 이렇게 매사 긴장하는데, 일반 시민들은 얼마나 불안할까? 사건의 피해자와 피해자의 가족, 친구, 지인 들을 보다 보면 그런 생각이 들 때가 있어. 우리는 모두 피해자의 영역에서 결코 자유로울 수 없다는 생각 말이야.

경찰들은 항상 어떻게 시민들을 안전하게 보호할지 고민하고 연구해. 최근에는 모든 현장 경찰에게 저위험 권총을 지급하겠다는 보도 자료가 발표되었어. 곧 관련 대책이 내려올 것이고, 저위험 권총을 쓰는 법을 배우기 위한 모의 훈련도 강화할 예정이래. 사건이 발생했을 때 경찰의 대응은 곧 시민의 생명과 안전으로 직결돼. 그래서 시민의 생명과 안전을 위협하는 흉악 범죄에는 강력하게 맞서야만 해. 그러니 활용도는 높으면서 피해는 최소화할 수 있는 신형 무기 또한 계속 개발되어야 할 필요가 있는 거지.

저위험 권총은 진짜 권총보다 덜 위험하긴 하지만, 엄연한 무기 중 하나야. 안전성 문제가 남아 있어서 아직 연구 개발이 진행 중인데, 현장 경찰들에게 실제로 지급을 하더라도 과도한 물리력 사용이 되지 않도록 최후의 수단으로만 사용해야 할 거야.

이러한 발전이 반갑지만, 나는 묻고 싶어. 더 강한 무기, 더 막강한 공권력도 당연히 필요해. 하지만 그보다 더 근본적인 해결 방법은 없을까? 꿈 같은 생각일지도 모르지만, 무기와 공권력이 없어도 서로를 지킬 수 있는 방법은 없을지, 그런 세상을 만들기 위해서 우리는 무엇을 할 수 있을지 다 같이 이야기를 나눠 보고 싶어.

경찰이 아닌 일반 시민으로서 나는 어제도, 오늘도 함부로 친절했어. 출근길에 운전이 서툴러서 전진과 후진을 수십 번 반복하던 아주머니께 수신호를 해 드렸어. 곧 출발하는 지하철의 출입문에 낀 우산을 빼지 못하고 눈물만 글썽이던 한 여성 곁에서 함께 우산을 잡아당겼어. 공원 벤치에 교복 입은 학생이 앉아 있었는데 스타킹이 찢어지고 피가 나길래, "도와줄까?"라고 물었더니 다행히 곧 어머니가 달려오셨어.

퇴근길에는 일본인 관광객 2명이 무거운 캐리어를 끌고 지하철 계단을 올라오고 있었어. 나는 내 손에 들려 있던 가방과 짐을 팔꿈치까지 걸어 올리고, 캐리어를 번쩍 들어 올렸지. 아파트 주차장에서 70대 노부부가 이중 주차 차량을 미느라 애를 쓰고 있어서, 고임돌을 받친 후 같이 힘을 보탰어.

그들은 수줍게 웃었어. "고맙습니다" "감사해요" "스미마센" 같은 아름다운 인사와 함께 말이야. 비록 이 글을 쓰면서 들통나긴 했지만, 이런 작은 선행들은 경찰 제복을 입었을 때는 절대 빛나지 않아. 하지만 제복을 벗고 일반 시민으로 돌아간 순간에도 나는 선행을 즐겨. 마음보다 몸이 먼저 앞서가도록 매 순간 용기 내는 법을 연습해.

언젠가는 상대가 요청한 적도 없는 친절을 함부로 내밀어도 괜찮은 세상. 그 친절을 의심하거나 경계하지 않고 있는 그대로 믿을 수 있는 세상. 대가 없이 베푼 선행과 호의가 돌고 돌아 나에게 왔을 때, 그것을 받는 일이 익숙한 세상. 그런 '무장 해제' 해도 괜찮은 세상을 만들고, 그 속에서 살고 싶어. 개인이 호신용 장비를 구입하지 않아도, 나와 타인을 지키려는 단단한 마음만으로 모두가 평온할 수 있는 안전지대를 만들고 싶어. 그 안에서는 무기도, 공권력도 필요 없도록 말이야. 그렇게 평범한 누군가의 관심과 선행이 전혀 무관한 타인의 안전과 행복에 가닿기를, 널리 퍼져 나가 우리 모두를 안전한 자리에 돌려놓기를 바라.

나는 어린 시절부터 선행이란 지금 내가 할 수 있는 그 일부터 시작하는 것이라고 배웠어. 물론 도움이 필요한 곳을 찾아가 봉사하고, 돈을 모아 기부하는 선행도 보람차고 아름답지. 하지만 우리 엄마는 이렇게 말씀하셨어. 당장 내 눈앞에 도움이 필요한 사람이 있다면, 주저 말고 도우라고 말이야.

우리 집도 어려운 살림이었지만 언제나 엄마는 밥 좀 나눠 달라는 할머니에게 조촐하지만 따듯한 밥상을 내밀었어. 깜깜한 밤에도 혼자 밭일을 하는 동네 주민이 있다면 호미 한 자루를 들고 달려갔어. 그리고 어렵게 살아 본 사람은 어려운 사람의 마음을 이해할 수 있다며, 타인의 어렵고 힘든 순간만큼은 외면하지 말고 자신이 할 수 있는 방식으로 돕고 살라고 일러 주셨어.

누구나 이런 선한 마음을 가지고 있고, 타인을 돕고 싶다고 생각할 거야. 다만 행동하기 전에 일이 해결되기도 하고, 마음먹은 것처럼 쉽게 돕지 못할 수도 있어. 그래도 지금 당장은 그런 마음을 가진 것만으로도 충분해. 그 마음이 언젠가 우리가 선뜻 다른 사람에게 손 내밀도록 만들어 줄 테니 말이야.

"냇가의 돌들은 서로 거리를 두었음에도 이어져 징검다리가 된다."

코로나로 인해 한창 거리 두기를 할 때, 한 서점의 광고판에서 보고 가슴이 저렸던 문구야. 우리는 각자 단단한 돌이고, 우리 사이에는 강물이 쉼 없이 흘러서 서로의 거리를 쉽게 벌리기도 하고, 만날 수 없기도 해. 그럼에도 자신의 위치에 머묾으로써 서로에게 징검다리가 되어 줄 수 있다는 사실을 잊지 말았으면 해. 단단한 돌로 힘껏 살면서, 지금 내가 있는 자리에서 베풀 수 있는 소소한 선행들을 나눠 보자. 그럼 언젠가는 하나의 징검다리처럼 서로가 연결된 따뜻한 사회를 만들 수 있을 거야.

남들과는 다른
한 끗의 마음

나는 어릴 때 부모님의 농사일을 자주 도와드렸는데, 고추를 따는 게 너무 싫었어. 한여름의 가장 뜨거운 날에 뜨거운 지열을 딛고 매운 고추 냄새를 맡으며 땀을 흘려야 했거든. 그래서 빨간 고추보다 더 익은 얼굴로 엄마가 일을 마치기만 목 놓아 기다리게 되었어.

그런데 해가 뉘엿뉘엿 넘어가는데도 집에 갈 기색이 없는 거야. 조심스럽게 집에 언제 가느냐고 엄마에게 물으면 엄마는 "이 고랑까지만 하고 가자"라고 했어. 어린 내 눈에 그 한 고랑이 얼마나 길던지, 끝이 보이지 않았어. 하지만 고랑의 중간쯤 오면 희망이 보이기 시작해서 힘을 내게 되더라. "조금만 더!"를 외치며 젖 먹던 힘까지 기운을 냈어.

그런데 엄마는 거기서 멈추지 않았어. 아직 해가 남았으니 시원할 때 조금만 더 하고 가자며 "한 고랑 더"를 외치는 거야. 정말 눈물이 났지. 엄마만 남겨 두고 집으로 도망가고 싶었어. 다른 친구들은 편안하게 쉬는데 왜 나만 이런 고생을 하는 거지? 참았던 원망이 터져 나왔어. 허공을 향해 한숨을 뱉고 돌아섰는데, 엄마는 이미 저 앞까지 가 있더라. 휴, 어쩌겠어. 엄마 혼자 남겨 둘 수는 없으니 어기적어기적 또 따라나섰지.

그렇게 긴 고랑 하나를 더 끝냈어. 내일 할 일을 미리 끝냈다는 기쁨을 만끽할 수도 있었을 텐데, 어린 나는 그 기쁨을 느낄 수 없었어. 그냥 일이 힘들고 하기 싫어서 엄마가 원망스러울 뿐이었지.

요즘은 농사일을 해 본 친구들이 별로 없지? 아마 다들 호미나 삽자루 대신 연필 자루를 들고 각종 숙제와 지루한 공부 앞에서 고군분투하고 있을 거야. 매일 똑같은 일을 반복하는 것은 정말 쉽지 않아. 마치 농사일처럼 끝이 안 보이고, 몸과 마음이 고되지. 이것을 꾸준하게 한다고 내 삶이 나아질지, 꿈의 방향이 명확하지 않은 채 묵묵히 걸어가기만 해도 괜찮은 건지 걱정스럽기도 할 거야.

나는 지금도 삶이 "한 고랑만 더!"라고 외치는 것 같을 때, 고추 따기를 끝까지 해내고 집으로 돌아가던 어두컴컴한 저녁 길을 자주 떠올려. 그러면 몸은 고되지만 개운했던 마음, 고비를 넘었을 때 불어왔던 시원한 바람이 느껴져. 특히 하기 싫어도 의무감과 책임감으로 끝까지 해야 하는 일을 맞닥뜨렸을 때, 이 순간을 의도적으로 떠올려. 이 느낌의 끝에는 분명 해내고 난 후의 달콤한 보람이 기다리고 있다는 걸 아니까, 몸이 먼저 기억하고는 의심하지 않고 앞으로 나가 보게 되더라.

얼마 전에 시작한 요가도 마찬가지였어. 할머니 요가 선생님은 "자기가 할 수 있는 만큼만 하세요"라며 몸도 마음도 편안하게 인도해 주셔. 할 수 있는 만큼 하는 것도 중요하지만, 그 기준이 '자신'이라는 것은 더 중요해. 내 요가 실력은 분명 맨 앞자리에서 유연한 자세를 보여 주는 베테랑 회원에 비하면 턱없이 부끄러운 수준이야. 하지만 내 호흡에 집중하면서 내가 할 수 있는 만큼 하는 것에 초점을 맞추면 생각보다 어렵지 않아.

그럴 때 나는 속으로 "조금만 더, 1센티미터만 더"를 외쳐 봐. 자세만 흉내 내면서 적당히 따라 해도 되지만, 나의 한계를 넘으려고 아등바등 기를 써 보는 거야. 같이 수련하는 사람들은 각자의 호흡과 자세에 몰입하느라 내가 용쓰는 모습은 아무도 보지 않아. 그래서 마음껏 스스로 내가 할 수 있는 한계를 만나고 그 끝에서 한 뼘만 더 나아가려고 온 힘을 쏟아 보고는 해.

어릴 때 밭고랑에서 온몸으로 인내를 익힌 덕분일까. 공부할 때도, 일할 때도, 모두가 "오늘은 이만, 여기까지!"라고 외친 그 끝 지점에서 한 걸음만 더 나아가려고 마음을 먹어. 공부를 할 때도 오늘 정해진 분량을 끝내도 기어코 한 문제를 더 풀려고 노력해. 그러면 내일 책을 폈을 때 조금 더 멋진 나를 마주하며 가볍게 시작할 수 있거든.

비단 공부뿐만이 아니야. 보고서를 쓸 때는 물론 원고를 쓰거나, 어떤 업무를 수행할 때도 마찬가지야. '이 정도면 됐다!'라고 스스로 타협하고 싶은 순간이 찾아오는데, 나는 그때도 거기서 한 걸음만 더 걸어가겠다는 마음으로 정성을 들여.

그렇게 조금씩 잔돈처럼 모은 열정과 노력은 차곡차곡 쌓여서 나도 모르게 내가 발전하도록 돕는다고 믿어. 열심히 하자, 최선을 다하자는 추상적인 구호보다 지금 하는 일에서 딱 한 걸음만 더 걷겠다고 생각해 봐. 그게 무엇이든지 간에 말이야.

시험에는 보통 객관식 문제와 주관식 문제가 있어. 나는 특히 주관식 문제를 풀 때, 남들보다 '한 끗' 더 써 내려고 사활을 걸었어. 주관식 문제는 답을 모르면 쓸 수 있는 게 없다고 생각하는 친구들도 있을 거야. 하지만 나는 주관식 문제의 그 빈칸을 채우는 순간을 좋아했어. 객관식은 답안지에 마킹을 하면 수정이 어렵지만, 주관식은 여백이 있어서 내 생각을 펼쳐 볼 수 있거든. 시험 종료를 알리는 종소리가 울리기 직전까지 무엇이든 그 여백에 추가할 수 있는 거야. 시험지에 한 줄 더 추가한다고 인생이 달라지냐고? 나는 무조건 달라진다고 믿는 편이야. 그 한 줄이 귀한 1점이 될 수도 있다는 사실을 안다면, 너희도 욕심내지 않을 수 없을 거야. 나는 남들 눈에는 크게 보이지 않을 수는 있어도, 이런 미세한 차이가 결국 합격의 당락을 좌우한다는 사실을 알게 되었어.

어떤 시험은 다들 너무나 열심히 공부해서 1등과 꼴등 합격자의 점수 차이가 얼마 나지 않을 때도 있대. 합격과 불합격의 당락이 소수점 차이로 결정되는 거지. 그 사실을 알면 모두 충격에 휩싸여. 겨우, 꼴랑, 그 점수 차이로 내가 떨어졌다고? 믿을 수도 없고 믿기도 싫을 거야. 그러니까 우리가 그 미미한 차이에서 앞서 나가려면, 평소에 모았던 '끝에서 한 걸음만 더'의 태도가 필요하다고 생각해.

쇼트트랙 경기를 본 적 있니? 나는 어린 시절부터 온 가족이 목 놓아 응원하던 스포츠 경기여서 지금까지도 열정적으로 시청하고는 해. 그중에서도 여러 명이 팀워

크를 발휘하는 계주 경기를 좋아해. 최선을 다해 자신의 코스를 완주하고, 젖 먹던 힘까지 모두 짜내서 다음 타자의 엉덩이를 밀어 주는 순간은 볼 때마다 울컥하게 돼. 거기다 마지막 바퀴가 남은 상황에서 막상막하의 선수들이 포기하지 않고 자신의 스케이트 날을 결승선에 뻗는 그 순간! 결승선을 앞에 둔 선수들이 각자 스퍼트를 내어 끝까지 질주하는 모습은 사랑하지 않을 수 없어. 분명 다른 선수보다 한 걸음 뒤쳐져 있었는데, 스케이트 날이 0.01센티미터 먼저 들어와서 금메달을 따기도 하는 것이 쇼트트랙의 세계거든.

이처럼 아주 근소한 차이로 승패가 결정되는 것을 '한 끗 차이'라고 해. 차이는 미미하지만, 결과는 하늘과 땅만큼 다를 수도 있어. 남과는 다른 한 끗을 'one more thing'이라고 하는데, 이때 한 끗은 '끝'이 아니야. 발음이 비슷해서 헷갈리지? 그 끝에서 한 걸음을 내딛는 힘을 말하는 거지. 지금부터 한 문제만 더, 1분만 더, 부담 없이 작은 것부터 하나씩, 자주 훈련해 봐.

티끌처럼 작은 힘으로 시작해서 나의 한계를 넓혀 가

는 그 행위들은 태도라는 이름으로 차곡차곡 쌓일 거야. 그렇게 켜켜이 쌓인 태도는 나의 일부가 되어서 그 어떤 고비도 훌쩍 뛰어넘을 수 있도록 단단한 근육이 되어 주지. 그리고 이 근육은 눈에 보이지는 않지만, 한 끗 차이로 우리 삶이 승리하도록 분명 도와줄 거야.

성공 경험을
차곡차곡 쌓아 보자

나는 허리를 다치고 나서 내 마음대로 몸을 움직이는 것이 쉽지 않았어. 몸이 묶이니 마음까지 꽁꽁 묶여서 내 의지대로 해낼 수 있는 일이 없다고 괴로워하기도 했지. 그래도 경찰이라는 꿈을 놓지 않았고, 결국 신체적 한계를 극복하고 경찰이 되었어. 하지만 경찰로 사는 내내 끝내지 못한 숙제처럼 늘 건강을 염려해야만 했어.

이 때문에 기본 체력이나 건강 유지는 강인한 정신력에서 나온다고 믿게 되었어. 정신력만 강하면 뭐든지 이겨 낼 수 있다고 생각했지. 스스로를 '정신 승리 예찬론자'라고 부르며 말이야. 모든 것은 마음먹기에 달려 있고,

굳센 마음은 신체적 한계도 거뜬히 넘을 수 있도록 만들어 준다고 생각했어. 그렇게 생각하다 보니 무슨 일이 닥쳐도 버틸 수 있는 힘이 생겼어.

그런데 요즘은 생각이 조금 바뀌었어. 모든 일을 정신력으로 해낼 수 있다고 생각하지 않아. 어느 시점에 다다르니 내가 넘어설 수 없는 한계점이 보이기 시작했어. 지금까지 해 왔던 방식으로는 어림도 없다고, 더 강력한 힘을 키울 확실한 방법이 필요하다는 생각이 들더라고. 그래서 그 방법을 찾아 나섰어.

경찰은 매월 교육 훈련을 받아야 해. 이 훈련에서는 무도(무술) 훈련, 체포술 등을 연마해. 그리고 1년마다 체력 평가를 통해 신체적 능력을 측정해야 하지. 하기 싫고 피하고 싶어도, 경찰이라면 자신의 현재 상태와 마주해야 해. 국민의 안전을 지키기 위해서는 누구보다 내가 강해야 하는 법! 매사 더 나은 방향으로 나를 보완하고 꾸준히 관리해야 할 의무까지 있는 셈이야.

범인을 제압하기 위한 물리력 훈련도 필요하지만, 경찰 개개인의 건강 및 체력 관리를 위해서도 훈련 시간은 너무나 중요해. 그래서 나는 이 시스템이 좋아. 내가 잊을 만하면 긴장하게 만들고, 느슨해지려고 하면 다시 일어나 움직이도록 독려하니까 말이야. 어쩔 수 없이 해야 하는 일이지만, 할 때마다 건강과 신체적 역량을 꾸준히 관리해야겠다는 의지를 일으키거든.

요즘은 마라톤을 연습하고 있어. 몇 달 전 남편이 신청한 '국제 평화 마라톤 대회'가 코앞으로 다가왔거든. 십대가 된 두 딸과 지금까지 해 보지 않았던 경험을 통해 추억도 쌓아 보자는 취지였어. 다 같이 한마음 한뜻으로 초보 단계인 5킬로미터를 신청했어. 초보 코스인데도 날짜가 다가올수록 긴장되더라. 제대로 달리는 법을 배운 적도 없는데, 연습은커녕 학교 운동장만 겨우 몇 바퀴 달려 본 게 전부인데 과연 다치지 않고 완주할 수 있을까, 이럴 줄 알았으면 주말마다 체력 훈련이라도 좀 할걸, 이라는 후회가 밀려왔지만 예정된 대회 날짜는 뚜벅뚜벅 다가왔어.

드디어 다가온 대회 당일, 대회장에 도착하자 가을비가 내리기 시작했어. 추적추적 떨어지던 빗방울은 점점 더 굵어지더니 곧 주룩주룩 내리더라고. 하지만 출발 신호는 아랑곳하지 않고 코스별 출발 시간에 맞춰 연이어 울려 퍼졌어.

띠— 띠— 띠, 띠!

"그래, 뛰다 걸어도 괜찮으니까 우리 완주를 목표로 한번 해 보자, 도전!"

우리 가족은 힘차게 파이팅을 외친 후 출발 신호에 맞춰 발걸음을 뗐어. 쨍쨍 내리쬐는 햇볕보다 오히려 시원한 비가 낫다며 긍정의 힘도 불어넣으면서 말이야.

막상 달리기 시작하니 아이들이 미끄러운 내리막길에서 넘어지진 않을지, 아이들과 길이 엇갈리지는 않을지 걱정이 되었어. 둘째 딸은 남편에게 맡기고, 첫째 딸을 데리고 앞으로 달렸어. 평지에 다다라서야 잡고 있던 첫째 딸 손을 살포시 놓았지. 여기까지가 엄마의 역할이야, 하는 마음과 함께 나 역시 달려 나갈 채비를 해야 했거든. 넷이 나란히 결승점에 들어오는 것도 의미가 있지만, 각자 속도에 맞춰 달려 보는 것도 좋을 것 같았어.

그런데 웬걸, 첫째 딸은 내가 손을 놓자마자 기다렸다

는 듯 나를 버리고 혼자 슝— 달려 나갔어. 반환점을 돌 때도 얼굴 한 번 안 보여서 길을 잃지 않았을지, 넘어지지는 않았을지 여러 걱정이 들었어. 내가 딸을 걱정할 입장은 아니었지만 말이야.

그렇게 우리 가족은 뿔뿔이 흩어져 자기만의 속도와 호흡으로 달렸어. 외롭게 비를 맞고 거친 숨을 내쉬며 무거운 발을 내딛다 보니, 생각보다 5킬로미터가 가깝진 않았어. 그래도 함께 뛰는 사람들의 발소리를 응원가 삼아 달리고 또 달렸어.

드디어 결승점이 보였고, 저 앞에서 나를 기다리는 누군가가 보였어. 첫째 딸이었어. 나의 완주를 기뻐하기 전에 자신의 한계를 넘어선 12살 딸이 먼저 보인 거야. 저 작은 몸 안에 얼마나 큰 기운이 들어 있기에, 이 낯선 도전을 혼자 감당할 수 있었는지 순간 울컥하는 마음이 들었어. 나와 첫째 딸은 마치 이산가족 상봉을 하듯 격한 포옹을 나눴어.

뒤이어 둘째 딸이 들어왔어. 남편과 나란히 손잡고 들어올 줄 알았는데 의외였어. 알고 보니 마지막 오르막길부터는 둘째 딸이 먼저 달릴 수 있도록 남편이 힘껏 밀어 주었다고 해. 페이스메이커인 자신의 도움을 끊고, 딸이 스스로 마지막을 멋지게 장식할 수 있도록 기회를 만들어 준 거야. 그리고 꼴찌를 자청한 남편까지, 우리 가족 모두 무사히 완주했어.

결승점을 통과함과 동시에 개인 완주 기록이 문자로 날아왔어. 첫째 딸의 기록은 30분 52초였어. 십대의 첫 도전치고는 너무나 훌륭했어. 우리는 각자 메달을 목에 걸고, 기록판 앞에서 기념사진도 남기면서 도전을 완수한 자기 자신을 가슴에 새겼어.

그리고 몇 주가 지났을까. 등기 우편이 도착했고, 아무 생각 없이 뜯어본 우리는 모두 놀랐어. 첫째 딸이 5킬로미터 여자 부문에서 4위를 차지한 거야. 봉투에는 상장과 함께 백화점 상품권이 들어 있었어. 자신의 힘과 호흡으로 한계를 넘어서기 위해 노력했던 십대의 벅찬 도전을 격려하는 뜨거운 응원 선물이었지.

경험이라는 단어에는 무서운 힘이 있더라. 한번 해 본다는 가벼운 마음으로 시작해도 제대로 몰입해서 해내면 우리가 기대하지 않았던 더 나은 성장까지 덤으로 주더라고. 어떤 일을 해낼 수 있다는 믿음, 그 끝에서 얻은 달달한 성취야말로 자신에게 주는 선물이 아닐까.

마라톤 이후 나는 이전부터 고민했던 나의 한계가 무엇인지 확실히 알게 되었어. 새로운 것을 배우고 익혀도 힘이 나기는커녕 빠질 수밖에 없었던 이유를 알아낸 거야. 그 이유는 바로 체력이었어. 정신력을 지탱하기 위해서는 강한 체력과 건강한 신체가 필요했던 거야. 나의 깊숙한 내면은 더 강하게 마음을 먹지 못하는 나를 채찍질한 것이 아니라, 내 정신을 지탱해 줄 강인한 체력을 기르라는 신호를 보낸 것이었어.

나는 이 신호를 알아차린 후, 이제는 예전보다 적극적으로 운동을 하고 있어. 걷기도 1년째 실천 중이지만, 주 2~3회는 남편과 함께 마라톤 연습도 하고 있어. 마음과 몸의 균형이 얼마나 중요한지 깨달았으니, 이제는 그걸 실천하고 있는 거지.

마라톤에 대해서도 조금 더 깊이 알기 위해 노력 중이

야. 마라톤을 하는 동료에게 배운 노하우가 있는데, 조금 공유해 볼게. 마라톤은 무엇보다 '마인드셋(mindset)'이 중요하다고 해. 달리는 동안 내 마음이 행복하다고 생각하는 거야. 동료는 마라톤을 생각하면 즐겁고, 다시 뛰고 싶게 하는 긍정적인 끌림이 떠오르는 것이 최우선이라고 강조했어. 힘들다, 어렵다, 포기하고 싶다는 생각이 아니라, 상쾌하다, 즐겁다, 뿌듯하다 같은 행복한 느낌 말이야.

이런 느낌을 갖기 위해서는 같은 거리를 연습할 때, 왕복 달리기를 하는 것을 추천했어. 보통은 연습할 때 가는 길만 달리고 돌아오는 길은 걷기를 선택한다고 해. 그러면 걸어서 돌아오는 동안에 자신이 이뤘던 만족감이나 성취감이 자연스럽게 감소할 수밖에 없는 거지. 처음부터 끝까지 달려야 하는 왕복 달리기는 마치고 나서 몰려오는 성취감과 해냈다는 만족감을 뜨겁게 기억할 수 있어. 끝날 때까지 뿌듯함을 안고 있는 거지. 그 느낌이 다음에도 계속 뛰고 싶다는 마음으로 이어지는 거야.

그리고 마지막으로 달릴 때 무릎을 조금 굽히고, 상체를 앞으로 기울인 자세에서 발바닥 앞부분부터 닿도록 뛰면 몸이 훨씬 가볍고 속도도 올릴 수 있다고 해. 노인처럼 조금 구부정한 자세지만, 효과가 꽤 있어. 몸을 기울이니 저절로 달리는 자세가 나오고, 무릎에 부담이 줄어드니 몸이 가벼워져 속도도 자연스럽게 빨라지더라고. 이렇게 연습하다 보면 5킬로미터에서 그다음은 10킬로미터, 그다음은 하프 마라톤(21.0975킬로미터, 마라톤 풀코스의 절반 거리)도 가능하지 않을까?

공부하느라, 성장하느라 여러모로 고달프고 힘들 거야. 나의 십대를 떠올리면 '질풍노도'라는 단어가 떠올라. 너희도 오늘을 얼마나 복잡하고 혼란한 마음으로 살아가고 있을지 충분히 상상이 가. 학교나 학원에 앉아 있느라 운동할 시간은커녕 자신을 돌아볼 여유조차 허락되지 않는다는 걸 잘 알기에, 나는 조금 힘주어 이 말을 해 주고 싶어.

공부와 운동, 이런 것들을 모두 해내야 한다는 부담감에 못하겠다며 고개 돌리지 말아 줬으면 해. 균형을 잃고 어느 한쪽으로 기울지 않는지만 슬쩍 살펴보면서 해 보는 거야. 잘하려고 하지 말고, 모두 다 해내려고 안간힘 쓰지 말고, 그냥 해 볼 것! 작은 성취라도 내가 해낸 것이니까 그것을 조금씩 모아서 스스로 대견하고 행복한 기운을 느낄 수 있으면 좋겠어.

간절한 꿈, 이루려는 목표, 바라는 행복을 마음 안에만 가둬 두지 말고, 튼튼한 몸에도 그 기운을 새겨서 체화해 보자. 그러면 마음이 나약해질 때는 건강한 몸이 쓰러지지 않도록 받쳐 주고, 반대로 몸이 나약해질 때는 건강한 마음이 거뜬히 받쳐 줄 거야.

누구나 성공한 경험보다 실패한 경험이 월등히 많을 거야. 비록 성공 경험이 더 적더라도 그것을 새기고 또 새기며 스스로를 계속 응원하면 좋겠어. 성공 횟수가 아니라, 그 경험이 얼마나 강렬하고 뜨거운 울림이었는가를 기억하는 거야. 무수한 실패보다, 한 번 해낸 경험이 내 마음 속에서 승리하도록 돕자. 그것이 다음의 승리를 불러올 수 있도록, 그렇게 쭉!

아름다운
매듭을 짓자

경찰로 살면서 여러 일이 있었지만, 여성 경찰에 대한 편견이나 보이지 않는 벽 앞에서 마음이 꺾인 적이 특히 많았어. 물론 예전보다 여성 경찰도 많이 늘었고, 양성평등 정책 시행으로 나날이 처우도 개선되고, 조직 문화도 발전하고 있는 건 분명해. 하지만 여성 경찰이라는 이유로 사람의 마음을 무너지게 만드는 것들이 아직 남아 있어. 여전히 조직 내 상대적 소수이고, 조직 구성이나 업무 측면에서도 불합리한 부분이 있지. 이렇게 목소리를 내도 소수의 이야기다 보니 변화하기까지는 앞으로 많은 시간이 필요할 거야.

지난해, 여경 기동대장으로 발령받았을 때 가장 먼저 들은 말이 있어.

"여경 기동대는 곧 없어질 거다."

이런 말을 내 앞에서 아무렇지 않게 말하더라. 당시는 남녀 경찰 모두 차별 없이 동등한 업무를 수행한다는 취지로 혼성 기동대가 창설되었고, 그 여파로 여경 기동대를 자연스럽게 혼성으로 재편하고 있던 상황이었어. 그해까지는 여경 기동대가 남아 있기로 정해졌는데도, 곧 없어질 부대라는 소문은 점점 커져만 갔어. 자연스레 나도, 부대 안의 사람들도 사기가 꺾일 수밖에 없었지. 시작하기도 전에 존재 자체를 부정당하다 보니, 열심히 해 보겠다는 마음은 금세 식어 버리고 점점 움츠러들었어.

그동안 여경 기동대는 철야 근무(야간 시설 경비)를 하지 않았어. 정확히는 어쩔 수 없이 못했다는 표현이 맞을 거야. 여경 기동대를 특별히 배려하거나 혜택을 준 것이 아니라, 철야 근무 후 다음날에 근무할 여성 경찰이 부족해서 철야 근무를 할 수가 없었거든. 하지만 철야 근무를 하지 않는 대신 여성, 장애인과 같은 사회적 약자 보호를 위한 현장에는 최우선으로 배치되는 등 다양한 집회, 시위 상황과 중요 업무에 투입되었어. 그러니 결국 각자의 자리에서 잘 해낼 수 있는 일을 한 거야.

여성 경찰이 필요한 곳은 많지만 인원은 부족하다 보니, 팀 단위나 제대 단위로 나뉘어서 출동할 수밖에 없어. 그러다 보니 대형 버스가 아닌 콤비 차량(소·중형 버스)을 직접 운전해야 하는 상황이 잦아. 또 근무 장소나 시간, 복장, 상황이 달라지는 경우가 많아서 장비, 요도(필요한 것만 간단하게 그린 지도) 등 챙겨야 할 것들도 아주 많아. 한마디로 정리하자면, 근무를 할 때 따로 챙기고 관리해야 하는 일들이 많다는 뜻이야.

물론 여경 기동대원들은 이러한 특수성을 감내하고 스스로를 잘 챙기고는 해. 우리끼리 다독이며 "꼭 필요한 일이야. 나중에 도움이 될 거야"라고 위로도 해 보지만, 가끔 여경 무용론이나 여경 기동대 존폐론이 불거지면 조금 억울한 마음이 들기도 해. 비록 철야 근무와 같은 근무 형태는 아니지만, 여성 경찰은 이곳저곳에서 제 몫을 하기 위해 최선을 다하고 있거든. 남들 눈에는 잘 안 보이지만 묵묵히 노력하고 있는데 이런 우리의 존재를 잘 몰라줄 때 말하지 못할 고충도 쌓이는 것 같아.

사람은 누구나 자신이 가치 있는 사람이라고 느낄 때 행복하다고 하잖아. 그러니 어떤 일을 할 때, 일이 힘들고 덜 힘들고를 떠나서 "너는 중요한 사람이다. 너는 가치 있는 사람이다"라는 인정이 참 중요하다고 생각해. 조직 내에서도 조금 더 중요한 자리, 일이 더 힘든 자리가 있겠지만, 그 어떤 자리도 필요 없는 자리는 없어. 누군가는 반드시 그 일을 해야 하고, 그 자리가 채워져 있기 때문에 조직 전체가 유기적으로 잘 운영되는 법이니까 말이야.

나는 여경 기동대장을 거치면서 다시 한번 '중꺾마'의 의미를 되새기게 됐어. 이 말을 들어 봤니? '중요한 것은 꺾이지 않는 마음'이라는 뜻이야. 나는 이 뜻에서 더 나아가 이 단어를 이렇게 생각해. 중요한 것은 '꺾지' 않는 마음이라고 말이야. 내가 꺾여 보니, 비로소 꺾지 않는 마음이 보인 거야.

요즘은 조직에서 중간 관리자로 있어서 그런지, 내 마

음이 소중하듯 누군가의 마음 또한 꺾이지 않기를 바라. 그래서 나는 누군가의 잘하려는 마음을 지켜 주는 사람, 묵묵히 최선을 다하려는 단단한 진심을 알아주는 사람이 되려고 노력 중이야. 이런 내 노력이 오늘 누군가의 마음이 꺾이지 않도록 도와줄 수도 있으니까 말이야. 강인한 마음을 가지게 된 상대방을 생각하면, 지치는 순간이 와도 불쑥 힘이 나.

　나는 이번에 여성 청소년 과장이 되었어. 무슨 일을 하냐고? 가정 폭력, 아동 학대, 스토킹, 교제 폭력은 물론 청소년 범죄나 비행 청소년들을 관리하는 일을 해. 사회적 이슈가 되는 사건, 예민하고 민감한 사건 들을 다루다 보니 업무 부담도 상당해. 물론 나처럼 경력이 쌓이면 112 신고를 받고 출동하거나 사건을 직접 처리하는 경우는 드물어. 그래도 매일 다 같이 머리를 맞대고 사건 해결을 고민하는 '전수 합심 제도'를 통해 모든 사건을 일일이 분석하고, 특히 피해자 보호 등에 미흡한 점은 없는지 꼼꼼히 살펴봐. 현장에서 뛸 때보다 오히려 더 세밀하게 들여다보고, 범죄의 재발을 막기 위해 끊임없이 노력해.

무엇보다 청소년 범죄나 비행 사건에 가장 관심을 쏟고 있어. 예를 들어 청소년 여러 명이 서로 폭행한 사건이 발생했다면, 바로 현장에 달려가 보는 식이야. 왜 청소년들이 그 장소에 모였는지, 그 장소가 우범 지역(범죄를 저지를 우려가 있는 지역)은 아닌지, 다시 그곳에서 범행이 일어날 가능성은 없는지, 후속 조치는 어떻게 해야 하는지 등 면밀하게 분석하는 거지. 단 한 건이라도 허투루 넘기지 않고, 과할 정도로 신경을 곤두세워서 사건을 해결하고 있어.

하지만 조직, 업무, 관계에 몰두하다 보면 나도 모르게 허우적대는 순간이 생겨. '워라밸(work-life balance)'이라는 단어를 들어 봤지? 모두가 일과 삶 사이의 균형이 필요하다고 입 모아 말하는 것과 마찬가지로, 일과 '나' 사이의 경계도 반드시 필요해. 그렇지만 어떤 때는 일과 '나'가 마구 뒤섞여서 곤란해지고는 해. 빠져나오려고 하면 할수록 더 깊이 빠지는 느낌이랄까. 어느 한 곳에 깊이 몰입하다 보면 나를 객관적으로 바라보는 눈을 잠시 잃어버리기도 하거든.

'아, 내가 너무 깊이 발을 담갔구나. 잠시 거리 두기를 해야 할 타이밍이야. 끊어 내자!'

이런 내 상태를 알아차릴 때면 나는 조용히 '끊어 내기'를 선언해. 하루 정도 휴가를 내서 시간적, 공간적으로 일로부터 벗어나는 거야. 그러면 내가 평소 보내던 일상에서 한 걸음 떨어져 있기에, 그 일상과 나를 객관적으로 바라볼 수 있어.

이런 노력은 스위치를 켜고 끄는 것과 같아. 예를 들어, 직장인이 회사에 출근하면서 업무 스위치를 ON, 퇴근하면서 OFF하는 것처럼 말이야. ON과 OFF를 자유자재로 구사하는 사람은 지치지 않고 공부면 공부, 업무면 업무, 가정이면 가정, 휴식이면 휴식, 그사이 균형을 잘 맞추지. 나는 비록 스위치를 쉽게 켜고 끄는 사람은 아니지만, 내 몸과 마음이 신호를 보내는 날이면 빠르게 알아차리고 스위치를 꺼. 이렇게 스스로를 지키는 연습을 해 보는 거야.

그리고 소소하지만, 지친 나를 위로하는 방법이 하나

있어. 할 수 있는 만큼 최선을 다해 하루를 보내고 잠자리에 든 날, 마음 깊은 곳에서 울컥함이 올라올 때가 있어. 밤이 되면 새근새근 잠든 가족들의 숨소리 사이로 오롯이 자신과 마주하는 순간이 찾아오거든. 그때는 주저하지 않고 오른손을 살포시 들어서 내 머리를 두어 번 쓰다듬어 줘. 수고했다, 고생했다, 참 잘했다 같은 응원도 잊지 않지. "오늘 힘들었으니까 내일은 좋은 일 생기겠다"라는 주문도 함께 곁들여. 그리고 내 머리에 남은 쓰담쓰담의 촉감을 느끼며 잠에 들지.

나만의 이 작은 의식을 마치고 자면, 다음날에는 언제 힘들었냐는 듯 새로운 날이 활짝 열려. 물론 어제의 고민이 단박에 해결되진 않지만, 씩씩하게 마음을 일으키고 다시 살아갈 방도를 찾아 나갈 힘을 얻은 거야.

우린 모두 각자의 삶에서 행복한 결말을 위해 달려가고 있어. 그래서 힘든 어제도, 무너졌던 오늘도 묵묵히 참고 견딜 수 있지. 그 결말은 먼 미래에 있는 것만은 아니야. 지금 이 순간에도 있어. 그러니 오늘이 가기 전에, 이 시련이 끝나기 전에 하루를 아름답게 매듭짓는 노력이 필요해.

어느 여행 유튜버가 한 말이 어렴풋이 기억나. 그 유튜버는 여행 초반에 저렴한 호텔을 예약하고 값싼 음식을 먹더라도, 마지막 날에는 반드시 가장 좋은 호텔에서 훌륭한 음식을 먹으며 마무리한다는 자신만의 여행법을 들려줬어. 끝이 좋으면 다 좋은 거라고 말이야.

삶도 마찬가지야. 어떤 힘든 일이 찾아오더라도, 하루의 끝만은 아름답게 매듭지어 봐. 내가 만난 시련에 내가 베푼 선행이나 아름다운 행동 하나를 묶어 보는 거야.

어느 날, 몇 년 동안 끙끙 앓았던 부모님 소송 건을 마무리하고 돌아오는 길이었어. 뜨거운 햇살 아래서 훈련하는 동료들을 위해 마트에서 아이스크림 30개를 샀어. 아이스크림이 녹을까 숨 가쁘게 내달렸어. 그러면서 환히 웃게 되더라. 내 시련이 끝나는 지점에서 동료들을 향한 아름다운 마음을 함께 묶는 힘! 그건 다음을 살게 하는 힘이자, 나를 다독이는 의식이었어.

매듭은 아름다운 종결이기도 하지만, 다음의 매듭, 그

다음의 매듭을 하나씩 이어 붙이면 곧 삶이라는 밧줄이 되더라. 내가 만들어 가는 작은 매듭들이 아름다울수록 삶이라는 밧줄은 분명 성공이라고 부를 수 있을 거야.

난 경찰이라는 내 오랜 꿈을 이뤘어. 그 꿈을 이룬 지금은 참 행복해. 물론 쉽지 않은 일도 많았어. 그래도 내 꿈이 경찰이어서, 그것을 이룬 덕분에 누군가를 도울 수 있어서, 세상을 위해 내가 기여할 수 있는 일이 있다는 것이 좋아. 몸과 마음이 고된 날도 일이 끝나면 차오르는 보람이나 긍지, 남들은 몰라도 내 안을 달구는 뜨거운 열정 덕분에 이 일을 즐기면서 하고 있어. 그렇기에 마지막까지 경찰로서 아름다운 매듭을 짓고 싶어.

너희도 꿈을 통해 어떤 매듭을 짓고 싶은지, 그 매듭을 이어 어떤 삶을 만들어 가고 싶은지 곰곰이 생각해 보기를 바라. 진심으로 응원할게. 혹시 모르잖아? 우리가 나중에 경찰 선후배로 만날지, 혹은 다른 어느 곳에서 만나게 될지 말이야.

エピローグ

'나'라서 '해피'하기

경찰은 많은 인생의 시련, 아픔, 상처 들을 만나는 직업이지만 그 와중에도 '희망'은 있다는 걸 기어코 확인하는 일이기도 해. 사람들이 일어서고, 다시 시작하고, 만회하고, 극복하는 과정을 곁에서 볼 수 있거든. 나는 그 아름다운 여정을 목격하는 것만으로도 큰 배움을 얻어. 이 책이 너희가 만들어 가고 있는 여정에 조금이나마 응원의 말을 건넬 수 있었으면 좋겠어. 내가 그 여정을 직접 지켜볼 수는 없지만, 캄캄한 밤에도 24시간 불을 켜고 시민들을 지키는 경찰처럼 항상 마음으로 곁에 있을게.

이 책을 쓰면서 공공의 안녕을 지키는 일보다 청소년의 안녕을 응원하는 게 훨씬 어렵다는 걸 깨달았어. 내가 하고 싶은 말보다 청소년들이 듣고 싶어 할 말을 해야겠다고 생각했는데, 옳고 바른 말만 해야 한다는 강박이 들었지. 경찰이라는 직업병 때문이었을까? 그러다 한 십대 친구에게 이런 말을 들었어.

"조언은 필요 없고, 그냥 공감하는 말이면 충분할 것 같아요."

그 말을 듣고, 나의 십대 시절을 떠올리며 너희에게 편지를 보내듯 글을 써 내려갔어. 청소년 친구들이 자신을 일으키는 데 조금이나마 도움이 되었으면 좋겠다는 마음으로 쓰기 시작했는데, 내 안을 헤집듯 찾아낸 이야기들은 결국 나를 지키는 마음도 되어 주었지.

인터넷에서 우연히 한 청소년이 쓴 글을 발견했어. 자신의 어둡고 아픈 고민을 털어놓은 글이었어. 그 친구는 친구들과 유일하게 소통할 수 있었던 게임을 끊고 나서 모든 관계가 단절되고, 학업은 물론 그 어떤 의욕도 없어졌다고 해. 결국 대인 기피증이 생기고, 심각한 우울증으로 너무 고통스럽다고 했어. 그러면서 마지막에 "아무 말이라도 해 주세요"라고 호소하는데, 나는 이 문장을 보며 예전에 들었던 어느 버스 기사님의 구슬픈 한마디가 떠올랐어.

"저 정말 살고 싶은 심정입니다."

아무 말이라도 해 달라는 그 말은 "살고 싶은 심정이에요"와 같은 뜻이었어. 맞아, 우리는 진심으로 살고 싶어서 이렇게 열심히, 최선을 다해 살아가고 있는 거야. 어른이 되어도 삶은 고군분투! 나도 매사 간절한 심정으로 살아가고 있어. 그렇게 조금씩 나아가 여기까지 온 내 이야기가 너희에게 또 다른 공감의 이야기로 가닿기를 바라.

해바라기는 해만 바라보고 살아서 붙여진 이름이잖아. 이는 식물의 생존 본능 중 하나라고 해. 햇살을 듬뿍 받아야 무럭무럭 성장할 수 있으니까 본능적으로 해를 따라다니는 거야. 그럼 해가 지고 나서 어둠이 찾아오면, 해바라기는 어디를 바라보고 있을까? 해가 진 서쪽을 바라볼까? 아니면 해가 없으니 고개를 떨군 채 땅을 보고 있을까? 서쪽도, 땅도 아닌 동쪽을 바라보고 있대. 아침이면 다시 동쪽에서 해가 떠오를 테니까 말이야.

해가 쨍쨍한 대낮에도, 해가 없는 밤에도 해바라기가 해를 바라보듯, 너희도 오롯이 '자신'을 향해 온 마음을 기울였으면 해. 너희의 아름다운 성장을 뜨겁게 응원하는 '해'는 결국 너희라는 사실을, 잊지 말아 줘.

어느 날, 지하철역으로 딸과 함께 걸어가다 깜짝 놀랐어. 장대만큼 큰 해바라기가 해를 바라보지 않고 고개를 떨구고 있는 거야. 어디 아픈 것은 아닐까, 걱정하고 있는데 둘째 딸이 말했어.

"엄마, 이건 '해 피하기'야! 해가 너무 뜨거울 때는 잠시 해를 피해도 돼. 대신 '해피'하기! Happy— happy— happy—!"

노래 부르듯 말하는 딸의 모습에 잠깐이지만 얼마나 행복했는지 몰라. 너희도 길을 걷다가 우연히 노란 해바라기를 만나면 이 말을 떠올리며 행복했으면 좋겠어. 눈

부신 햇살만 봐도 행복했으면 좋겠어. 캄캄한 밤에도 동쪽을 바라보고 있을 해바라기를 떠올리며 행복했으면 좋겠어. 그리고 이런 상상으로 흐뭇하게 미소 짓는 너희가 언제나 행복했으면 좋겠어. 그냥, '너'라서 행복했으면 좋겠어.

내 꿈을 향해 출동!

© 장신모, 2024

초판 1쇄 인쇄일 2024년 4월 24일
초판 1쇄 발행일 2024년 5월 10일

지은이   장신모
펴낸이   정은영
편집   전지영 최찬미 전유진
디자인   서은영
마케팅   최금순 이언영 연병선
          윤선애 이유빈 최문실
제작   홍동근

펴낸곳   (주)자음과모음
출판등록   2001년 11월 28일 제2001-000259호
주소   (10881) 경기도 파주시 회동길 325-20
전화   편집부 02) 324-2347 경영지원부 02) 325-6047
팩스   편집부 02) 324-2348 경영지원부 02) 2648-1311
E-mail   jamoteen@jamobook.com

ISBN   978-89-544-5049-2 (43810)